Vielleicht besteht die größte Herausforderung des Lebens darin, mit Krankheit, Schmerz, Verlust und Tod umzugehen. Rilke macht konkrete Vorschläge, wie man diese schmerzlichen Erfahrungen ernst nehmen kann, ohne sich von ihrer Schwere überwältigen zu lassen. Seine Beileidsbriefe gehören zu den bewegendsten Texten, die von einem Dichter über das Leid verfaßt wurden. Rilke ist nie sentimental, da er den Schmerz als einen unvermeidbaren Teil des Lebens betrachtet, der uns in seiner Unbegreifbarkeit »tiefer ins Leben eindrückt«. Der Tod eines geliebten Menschen entläßt uns in eine größere Verantwortung, die zu erfüllen Rilke als eine neue Aufgabe betrachtet. Statt falschen Trost zu spenden oder den Tod zu beschönigen, richtet Rilke unser Augenmerk auf die Möglichkeit, nach dem Verlust das Leben wieder als etwas Unerschöpfliches und uns Übersteigendes anzunehmen.

Aus Rilkes umfangreicher Korrespondenz mit unterschiedlichsten Briefpartnern sind hier Zitate ausgewählt, die den Leser direkt ansprechen. In diesen Passagen ist Rilke erfrischend konkret, präzise im Ausdruck und oft überraschend relevant für heutige Belange. Rilkes eigenwillige und scharfsinnige Gedanken laden ein zum Innehalten und schließlich zum Überlegen und Mitdenken. Letztlich geben uns Rilkes exquisit formulierte Gedanken den Anstoß, Krankheit, Schmerz, Trauer und Verlust ernst zu nehmen, um schließlich tiefer im Leben zu stehen.

insel taschenbuch 3222

Rainer Maria Rilke

Denn Bleiben ist nirgends

Rainer Maria Rilke
Denn Bleiben ist nirgends

Über Alter, Verlust und Schmerz

Ausgewählt und mit einem Nachwort
von Ulrich Baer

Insel Verlag

Umschlagabbildung: August Macke
Hilterfingen am Thuner See, 1914

insel taschenbuch 3222
Originalausgabe
Erste Auflage 2006

Umschlag: Michael Hagemann
Vertrieb durch den Suhrkamp Taschenbuch Verlag
Satz: Hümmer GmbH, Waldbüttelbrunn
Druck: Ebner & Spiegel, Ulm
Printed in Germany
ISBN 978-3-458-34922-8
ISBN 3-458-34922-7

1 2 3 4 5 6 – 11 10 09 08 07 06

Denn Bleiben ist nirgends

Krankheit

Eine Genesung, wenn sie auch lang und langsam ist, eröffnet viele neue und unvermutliche Beziehungen zum Dasein, daß sie immerhin zu einem köstlichen und ergiebigen Stück Leben werden kann, trotz aller Ausschaltung, die sie mit sich bringt.

Es ist unleidlich, körperlich aufgehalten zu sein, ich begriff nie, wie Menschen es anstellen, aus irgendeiner Malaise geistig Nutzen zu nehmen, mir ists nur wie eine Kränkung, sooft mirs widerfährt, und ich kann mir nur erst wieder im Äußersten eine große Verschwendung solcher Leiden vorstellen, wenn sie unermeßlich geworden sind, im Martyrium, wo es dann fast keinen anderen Ausweg gibt, als eine Schmerzmenge, die leiblich nicht mehr unterzubringen ist, mit ihrem allen Andrang in die Seele hinüberzuwerfen: als wo der Schmerz, woher er auch stammen mag, sofort zur puren Kraft wird, etwa wie im Kunstwerk das Schwere, ja selbst das Häßliche über dem reinen Dasein, das es annimmt, sich nur noch als Stärke, als Entschlossenheit und Fülle des Lebens offenbart. Aber im kleinen körperlich zu leiden, stellenweise, ist sinnlos, etwas, wovor ich Sorge habe, wie vor einer Zerstreuung.

Ich habe keine Furcht vor dem Krankhaften, denn ich will es nicht festhalten, sondern nur durchmachen, nur überstehen. Es kommt mir nicht anders vor, als eine traurige Noth der Natur, wieder zum Heilen, Gesunden sich hinauszurechnen durch alle diese krausen Multiplikationen: sie versuchts wie sie's kann. Ich glaube, wenn mans nur nicht mißversteht und bei sich verzärtelt, so ist nichts hinfälliger als das Krankhafte, es wünscht sich ja selbst, unwirklich, fort zu sein, sowie nur etwas Sicheres da ist.

Nichts ist beglückender, als wenn man sich wieder wirklich in Gebrauch nehmen kann, sei es nun zu Gunsten von Plänen oder von Erinnerungen; am schönsten, wenn beides zusammenwirkt und das Eine im Anderen fortzusetzen, Lust und Freiheit entsteht.

Für mich, der ich immer so verträglichen Umgang mit meiner Natur pflegen konnte und der gewohnt war, es mit ihr jeweils zu so guten Verständigungen zu bringen, ist schon die anhaltende Notwendigkeit eines medizinischen Unterhändlers ein irgendwie Verwirrendes. Denn ich fühle dabei, wie für mich Alles (bis in die feinsten Vorbedingungen meiner künstlerischen Betätigung hinein) daran liegt, die Spuren meines eigenen Daseins, auch wo sie auf physischen Irrwegen gehen, mir nicht verwischen zu lassen: Der Trieb zur Kunst ist ja nichts als eine fortwährende Neigung, die Konflikte auszugleichen, die unser, aus so verschiedenartigen und einander oft wiederstrebenden Elementen sich immer neu bildendes »Ich« gefährden und spannen. Wärs noch eine mit einer ausdrücklichen lateinischen Überschrift zu bezeichnende Krankheit, so dürfte der ärztliche Fachmann ruhig mit mir wirtschaften; ihn in das vielfältige halb physische, halb psychische Verhängnis eingreifen zu lassen, aus dem meine Bedrängnisse hervorgehen, ist schwer und ist gewagt, denn alles, worunter ich leide, ist eine Aufgabe an mich selbst, so rein und genau meiner eigenen Arbeit und Lösung zugedacht, daß ich fast die Beschämung empfinde und etwas wie schlechtes Gewissen, wenn ich den Arzt ins Mittel ziehe ... Ins Vertrauen ..., kann ich gar nicht einmal sagen, – denn was läßt sich anvertrauen in einer solchen Lage: halb wärs nur dem unvordenklichen Freunde, dem Freunde von jeher (dem, den Sie den »Kameraden« nennen), vertraubar, halb geräts einem, vor einem selbst, ins Unsägliche. Alles Mit-sich-selber-in-Ordnung-Kommen ist ja auch so unendlich viel fruchtbarer als jedes Beholfenwerden, von wem es auch sei; das hab ich schon als Kind, in den eigentümlichen Verhältnissen, in die ich mich verschoben fand, erfahren müssen, und wie oft später ist es mir bestätigt worden, wenn ich Menschen (Söhne gegen Väter z. B. oder Eheleute) trüb und aussichtslos verzwistet sah, wobei sie, einer am anderen, immer schärfer, geringer und entstellter wurden, und mir klar wurde, daß ein Streit von gleicher Intensität, in einen Einzelnen geworfen (der dann statt mit einem Anderen, mit sich selber ränge), unfehlbar für diesen gedachten Einsamen zu irgendeinem Fortschritt führen müßte!

Denn – scheint mir – auch das, was man »krankhaft« nennt, ist richtig, d.h. inständig, um der Gesundheit willen erlebt, nur eine Unbeholfenheit: und das Große, das nichts zu fürchten hat, kann dann auch davon angezogen und erbeten werden –.

Es giebt Zeiten, ich weiß, wo es geradezu eine Rettung bedeutet, alles als Zerstreuung aufzufassen, aber das sind Ausnahmen, Kurzeiten, Rekonvaleszenzen.

Der Arzt hat mich nicht verstanden. Nichts. Es war ja auch schwer zu erzählen. Man wollte einen Versuch machen mit dem Elektrisieren. Gut. Ich bekam einen Zettel: ich sollte um ein Uhr in der Salpêtrière sein. Ich war dort. Ich mußte lange an verschiedenen Baracken vorüber, durch mehrere Höfe gehen, in denen da und dort Leute mit weißen Hauben wie Sträflinge unter den leeren Bäumen standen. Endlich kam ich in einen langen, dunklen, gangartigen Raum, der auf der einen Seite vier Fenster aus mattem, grünlichem Glase hatte, eines vom anderen durch eine breite, schwarze Zwischenwand getrennt. Davor lief eine Holzbank hin, an allem vorbei, und auf dieser Bank saßen sie, die mich kannten, und warteten. Ja, sie waren alle da. Als ich mich an die Dämmerung des Raumes gewöhnt hatte, merkte ich, daß unter denen, welche Schulter an Schulter in endloser Reihe dasaßen, auch einige andere Leute sein konnten, kleine Leute, Handwerker, Bedienerinnen und Lastkutscher. Unten an der Schmalseite des Ganges auf besonderen Stühlen hatten sich zwei dicke Frauen ausgebreitet, die sich unterhielten, vermutlich Conciergen. Ich sah nach der Uhr; es war fünf Minuten vor Eins. Nun in fünf, sagen wir in zehn Minuten, mußte ich drankommen; es war also nicht so schlimm. Die Luft war schlecht, schwer, voll Kleider und Atem. An einer gewissen Stelle schlug die starke, steigernde Kühle von Äther aus einer Türspalte. Ich begann auf und ab zu gehen. Es kam mir in den Sinn, daß man mich hierher gewiesen hatte, unter diese Leute, in diese überfüllte, allgemeine Sprechstunde. Es war sozusagen die erste öffentliche Bestätigung, daß ich zu den Fortgeworfenen gehörte; hatte der Arzt es mir angesehen? Aber ich hatte meinen Besuch in einem leidlich guten Anzuge gemacht, ich hatte meine Karte hineingeschickt. Trotzdem, er mußte es irgendwie erfahren haben, vielleicht hatte ich mich selbst verraten. Nun, da es einmal Tatsache war, fand ich es auch gar nicht so arg; die Leute saßen still und achteten nicht auf mich. Einige hatten Schmerzen und schwenkten ein wenig das eine Bein, um sie leichter auszuhalten. Verschiedene Männer hatten den Kopf in die flachen Hände gelegt, andere schliefen tief mit schweren, verschütteten Gesichtern. Ein dicker Mann mit rotem, angeschwollenem Halse saß vorübergebeugt da, stierte auf den Fußboden und spie von Zeit zu Zeit klatschend auf einen Fleck, der ihm dazu passend schien. Ein Kind schluchzte in einer Ecke; die langen magern Beine hatte es zu sich auf die Bank gezogen, und nun hielt es sie umfaßt und an sich gepreßt, als müßte es von ihnen Abschied nehmen. Eine kleine, blasse Frau, der ein mit runden, schwarzen Blumen geputzter Krepphut schief auf den Haaren saß, hatte die Grimasse eines Lächelns um die dürftigen Lippen, aber ihre wunden Lider gingen beständig über. Nicht weit von ihr hatte man ein Mädchen hingesetzt mit rundem glatten Gesicht und herausgedrängten Augen, die ohne Ausdruck waren; sein Mund stand offen, so daß man das weiße, schleimige Zahnfleisch sah mit den alten, verkümmerten Zähnen. Und viele Verbände gab es. Verbände, die den ganzen Kopf Schichte um Schichte umzogen, bis nur noch ein einziges Auge da war, das niemandem mehr gehörte. Verbände, die verbargen, und Verbände, die zeigten, was darunter war. Verbände, die man geöffnet hatte und in denen nun, wie in einem schmutzigen Bett, eine Hand lag, die keine mehr war; und ein eingebundenes Bein, das aus der Reihe herausstand, groß wie ein ganzer Mensch. Ich ging auf und ab und gab mir Mühe, ruhig zu sein. Ich beschäftigte mich viel mit der gegenüberliegenden Wand. Ich bemerkte, daß sie eine Anzahl einflügeliger Türen enthielt und nicht bis an die Decke reichte, so daß dieser Gang von den Räumen, die daneben liegen mußten, nicht ganz abgetrennt war. Ich sah nach der Uhr; ich war eine Stunde auf und ab gegangen. Eine Weile später kamen die Ärzte. Zuerst ein paar junge Leute, die mit gleichgültigen Gesichtern vorbeigingen, schliesslich der, bei dem ich gewesen war, in lichten Handschuhen, Chapeau à huit reflets, tadellosem Überzieher. Als er mich sah, hob er ein wenig den Hut und lächelte zerstreut. Ich hatte nun Hoffnung, gleich gerufen zu werden, aber es verging wieder eine Stunde. Ich kann mich nicht erinnern, womit ich sie verbrachte. Sie verging. Ein alter Mann kam in einer fleckigen Schürze, eine Art Wärter, und berührte mich an der Schulter. Ich trat in eines der Nebenzimmer. Der Arzt und die jungen Leute saßen um einen Tisch und sahen mich an, man gab mir einen Stuhl. So. Und nun sollte ich erzählen, wie das eigentlich mit mir wäre. Möglichst kurz, s'il vous plaît. Denn viel Zeit hätten die Herren nicht. Mir war seltsam zumut. Die jungen Leute saßen und sahen mich an mit jener überlegenen, fachlichen Neugier, die sie gelernt hatten. Der Arzt, den ich kannte, strich seinen schwarzen Spitzbart und lächelte zerstreut. Ich dachte, daß ich in Weinen ausbrechen würde, aber ich hörte mich französisch sagen: »Ich hatte bereits die Ehre, Ihnen, mein Herr, alle Auskünfte zu geben, die ich geben kann. Halten Sie es für nötig, daß diese Herren eingeweiht werden, so sind Sie nach unserer Unterredung gewiß imstande, dies mit einigen Worten zu tun, während es mir sehr schwer fällt.« Der Arzt erhob sich mit höflichem Lächeln, trat mit den Assistenten ans Fenster und sagte ein paar Worte, die er mit einer waagerechten, schwankenden Handbewegung begleitete. Nach drei Minuten kam einer von den jungen Leuten, kurzsichtig und fahrig, an den Tisch zurück und sagte, indem er versuchte, mich strenge anzusehen: »Sie schlafen gut, mein Herr?« »Nein, schlecht.« Worauf er wieder zu der Gruppe zurücksprang. Dort verhandelte man noch eine Weile, dann wandte sich der Arzt an mich und teilte mir mit, daß man mich rufen lassen würde. Ich erinnerte ihn, daß ich auf ein Uhr bestellt worden sei. Er lächelte und machte ein paar schnelle, sprunghafte Bewegungen mit seinen kleinen weissen Händen, die bedeuten wollten, daß er ungemein beschäftigt sei. Ich kehrte also in meinen Gang zurück, in dem die Luft viel lastender geworden war, und fing wieder an, hin und her zu gehen, obwohl ich mich todmüde fühlte. Schließlich machte der feuchte, angehäufte Geruch mich schwindlig; ich blieb an der Eingangstür stehen und öffnete sie ein wenig. Ich sah, daß draußen noch Nachmittag und etwas Sonne war, und das tat mir unsagbar wohl. Aber ich hatte kaum eine Minute so gestanden, da hörte ich, daß man mich rief. Eine Frauenperson, die zwei Schritte entfernt bei einem kleinen Tische saß, zischte mir etwas zu. Wer mich geheißen hätte, die Türe öffnen. Ich sagte, ich könnte die Luft nicht vertragen. Gut, das sei meine Sache, aber die Türe müsse geschlossen bleiben. Ob es denn nicht anginge, ein Fenster aufzumachen. Nein, das sei verboten. Ich beschloß, das Aufundabgehen wieder aufzunehmen, weil es schließlich eine Art Betäubung war und niemanden kränkte. Aber der Frau an dem kleinen Tische mißfiel jetzt auch das. Ob ich denn keinen Platz hätte. Nein, den hätte ich nicht. Das Herumgehen sei aber nicht gestattet; ich müsste mir einen Platz suchen. Es würde schon noch einer da sein. Die Frau hatte recht. Es fand sich wirklich sogleich ein Platz neben dem Mädchen mit den herausdrängenden Augen. Da saß ich nun in dem Gefühle, daß dieser Zustand unbedingt auf etwas Fürchterliches vorbereiten müsse. Links war also das Mädchen mit dem faulenden Zahnfleisch; was rechts von mir war, konnte ich erst nach einer Weile erkennen. Es war eine ungeheuere, unbewegliche Masse, die ein Gesicht hatte und eine große, schwere, reglose Hand. Die Seite des Gesichtes, die ich sah, war leer, ganz ohne Züge und ohne Erinnerungen, und es war unheimlich, daß der Anzug wie der einer Leiche war, die man für den Sarg angekleidet hatte. Die schmale, schwarze Halsbinde war in derselben losen unpersönlichen Weise um den Kragen geschnallt, und dem Rock sah man es an, daß er von anderen über diesen willenlosen Körper gezogen worden war. Die Hand hatte man auf diese Hose gelegt, dorthin wo sie lag, und sogar das Haar war wie von Leichenwäscherinnen gekämmt und war, wie das Haar ausgestopfter Tiere, steif geordnet. Ich betrachtete das alles mit Aufmerksamkeit, und es fiel mir ein, daß dies also der Platz sei, der für mich bestimmt gewesen war, denn ich glaubte nun endlich an diejenige Stelle meines Lebens gekommen zu sein, an der ich bleiben würde. Ja, das Schicksal geht wunderbare Wege.

Plötzlich erhoben sich ganz in der Nähe rasch hintereinander die erschreckten, abwehrenden Schreie eines Kindes, denen ein leises, zugehaltenes Weinen folgte. Während ich mich anstrengte, herauszufinden, wo das könnte gewesen sein, verzitterte wieder ein kleiner, unterdrückter Schrei, und ich hörte Stimmen, die fragten, eine Stimme, die halblaut befahl, und dann schnurrte irgend eine gleichgültige Maschine los und kümmerte sich um nichts. Jetzt erinnerte ich mich jener halben Wand, und es war mir klar, daß das alles von jenseits der Türen kam und daß man dort an der Arbeit war. Wirklich erschien von Zeit zu Zeit der Wärter mit der fleckigen Schürze und winkte. Ich dachte gar nicht mehr daran, daß er mich meinen könnte. Galt es mir? Nein. Zwei Männer waren da mit einem Rollstuhl; sie hoben die Masse hinein, und ich sah jetzt, daß es ein alter, lahmer Mann war, der noch eine andere, kleinere, vom Leben abgenutzte Seite hatte mit einem offenen, trüben, traurigen Auge. Sie fuhren ihn hinein, und neben mir entstand eine Menge Platz. Und ich saß und dachte, was sie wohl dem blöden Mädchen tun wollten und ob es auch schreien würde. Die Maschinen dahinten schnurrten so angenehm fabrikmäßig, es hatte gar nichts Beunruhigendes.

Plötzlich aber war alles still, und in die Stille sagte eine überlegene, selbstgefällige Stimme, die ich zu kennen glaubte:

»Riez!« Pause. »Riez. Mais riez, riez.« Ich lachte schon. Es war unerklärlich, weshalb der Mann da drüben nicht lachen wollte. Eine Maschine ratterte los, verstummte aber sofort wieder, Worte wurden gewechselt, dann erhob sich wieder dieselbe energische Stimme und befahl: »Dites-nous le mot: avant.« Buchstabierend: »a-v-a-n-t« ... Stille. »On n'entend rien. Encore une fois: ...«

Und da, als es drüben so warm und schwammig lallte: da zum erstenmal seit vielen, vielen Jahren war es wieder da. Das, was mir das erste, tiefe Entsetzen eingejagt hatte, wenn ich als Kind im Fieber lag: das Große. Ja, so hatte ich immer gesagt, wenn sie alle um mein Bett standen und mir den Puls fühlten und mich fragten, was mich erschreckt habe: Das Große. Und wenn sie den Doktor holten und er war da und redete mir zu, so bat ich ihn, er möchte nur machen, daß das Große wegginge, alles andere wäre nichts. Aber er war wie die andern. Er konnte es nicht fortnehmen, obwohl ich damals doch klein war und mir leicht zu helfen gewesen wäre. Und jetzt war es wieder da. Es war später einfach ausgeblieben, auch in Fiebernächten war es nicht wiedergekommen, aber jetzt war es da, obwohl ich kein Fieber hatte. Jetzt war es da. Jetzt wuchs es aus mir heraus wie eine Geschwulst, wie ein zweiter Kopf, und war ein Teil von mir, obwohl es doch gar nicht zu mir gehören konnte, weil es so groß war. Es war da, wie ein großes totes Tier, das einmal, als es noch lebte, meine Hand gewesen war oder mein Arm. Und mein Blut ging durch mich und durch es, wie durch einen und denselben Körper. Und mein Herz musste sich sehr anstrengen, um das Blut in das Große zu treiben: es war fast nicht genug Blut da. Und das Blut trat ungern ein in das Große und kam krank und schlecht zurück. Aber das Große schwoll an und wuchs mir vor das Gesicht wie eine warme bläuliche Beule und wuchs mir vor den Mund, und über meinem letzten Auge war schon der Schatten von seinem Rande.

Ich kann mich nicht erinnern, wie ich durch die vielen Höfe hinausgekommen war. Es war Abend, und ich verirrte mich in der fremden Gegend und ging Boulevards mit endlosen Mauern in einer Richtung hinauf und, wenn dann kein Ende da war, in der entgegengesetzten Richtung zurück bis an irgendeinen Platz. Dort begann ich eine Straße zu gehen, und es kamen andere Straßen, die ich nie gesehen hatte, und wieder andere. Elektrische Bahnen rasten manchmal überhell und mit hartem, klopfendem Geläute heran und vorbei. Aber auf ihren Tafeln standen Namen, die ich nicht kannte. Ich wußte nicht, in welcher Stadt ich war und ob ich hier irgendwo eine Wohnung hatte und was ich tun musste, um nicht mehr gehen zu müssen.

Schmerz

Wie ist das Leben gefährlich und unerbittlich bis zum letzten Moment; ein gut gezähmtes Wesen, und doch in ihm: wieviele unersättliche Kräfte, die es bedrohen wie wilde Tiere.

Früher hats mich zuweilen gewundert, daß die Heiligen so darauf hielten, sich körperliche Übelstände zuzumuthen, jetzt versteh ich, daß diese Lust zu Schmerzen, bis hinein in die Qualen des Martyriums, eine Eile und Ungeduld war, auch vom Ärgsten, das von dieser Seite kommen kann, nicht mehr unterbrochen und gestört zu sein. Ich sehe manchen Tag alle Kreatur mit der Sorge an, es könnte in ihr ein Schmerz ausbrechen, der sie schreien macht, so groß ist meine Angst vor dem Missbrauch, den der Körper in so vielem mit der Seele treibt, die in den Thieren Ruhe hat und in den Engeln erst Sicherheit.

Es ist ja *das*, was wir alle wissen, dieses eigenthümliche unüberwindliche Unverbundensein der körperlichen Noth und ihres geistigen Gegentheils, die Unbegreiflichkeit körperlichen Schmerzes, den ›auszulegen‹ wir uns nicht enthalten können und dem wir mit unserem ganzen Wesen zu erliegen scheinen, obwohl er doch nur ein Mißverständnis ist, ein Widerspruch, ein Widerwillen, ein verzweifeltes Rechtbehaltenwollen der mit uns gleichgesinnten, zum Dasein entschlossenen und frohen Natur. Nur noch *ein* Dokument, Montaigne's Eindrücke am Lager seines schwer und entstellt sterbenden Freundes, hat mir diesen Conflict so erschütternd vorgestellt, wie hier diese redlichen wahrhaftigen Blätter einer Mutter, die die stille Duldende (in Russland erzogene) Kraft besaß, nicht fortzusehen und auch noch die grausamsten Momente schauend mitzuerleben, weil diese Momente doch nun das furchtbare Eigenthum ihres armen Kindes geworden waren, sein letzter, von unendlichen Geheimnissen überfüllter tötlicher Reichthum ... – Das begriff ich schon bei Montaigne damals, – *hat* jemand die stille Beharrlichkeit, auch noch vor solcher Heimsuchung, die viele, wenn es einen nahen und nächsten Menschen betrifft, einfach mit allen Einzelheiten in ihr vagues Gefühl unterschlagen, *sachlich* aufnehmend zu sein, so stellt sich, neben aller Trostlosigkeit und sozusagen in der Mitte des Entsetzens selbst, etwas wie eine erste Vorvermuthung heraus, für die es noch lange nicht Zeit ist, als läge etwas wie eine Bevorzugung darin, daß dem Menschen so ungeheuere Qual nicht erspart werde, als spräche sich in ihrer Rücksichtslosigkeit etwas wie ein Eingeweihtsein aus, ein Dazugerechnetsein zum Äußersten, – als könnte gerade diese heilloseste Noth nur einem Geschöpf widerfahren, für das es keine Geheimnisse mehr geben soll.

Selbst wenn man dies wollte, wäre es schwierig, dem Arzt zu assistieren, dorthin vorzudringen, wo man selbst nur tastend hingelangt. Und vielleicht weigert man sich auch, einem Wissenschaftler Zugang zu diesen Tiefen zu gewähren, egal, wie gut seine Absichten sind. Man würde es vorziehen, daß nur das Leben und dann nur den Freunden den Schlüssel zu unseren innersten Tiefen geben kann. Ich bin lange genug mein eigener Arzt gewesen, um nicht eine törichte Eifersucht auf den zu entwickeln, der durch seinen Beruf so angestrengt versucht, die Geheimnisse meiner Natur besser als ich selbst zu kennen. Wo hört der Körper auf, der sich so willig hingeben möchte? Wo beginnt die Seele, die aus ihrem Geheimnis lebt? Wird man dies je wissen?

Schließlich ist's eben doch der Unwillen der Natur, der so weh thut und ihre gute Gesinnung zum Gleichgewicht, zu dem der Weg für sie durch diese Peinlichkeiten führt. Sie weiß gar nicht, die Natur, daß sie, nebenbei, *uns* Schmerzen macht, während sie sich da um ihre Ordnung bemüht und wehrt. Sie rechnet nicht mit unserem Bewußtsein, und deshalb ists unsere Aufgabe, den Schmerz auch nicht in unserem Bewußtsein aufzulösen; er verträgt keine Auslegung. Man muß ihn, sozusagen, auf der Stelle aufbrennen lassen, ohne irgend einen Gegenstand des Geistes oder des übrigen Lebens in seinem zuckenden Feuerschein zu betrachten. Er ist sinnvoll nur mit seiner der Natur zugekehrten Seite, auf der anderen ist er absurd, Rohmaterial, unbehauen, ohne Form und Oberfläche, unfaßlich.

Besonders sollten wir den alten und geerbten Verdacht zerstören, der uns vom besten Teil unserer eigenen Kräfte trennt, die wir mißtrauisch begutachten und uns dadurch fremd werden lassen, da sie uns andere Mittel der Beständigkeit bieten oder auferlegen – das hängt davon ab – als die, die wir mit unserer Persönlichkeit verträglich glauben.

Gesegneter Augenblick des inneren Lebens, wenn man sich entweder entscheidet oder darauf einläßt, von nun mit all seiner Kraft und unablässig *das* zu lieben, was man am meisten fürchtet, das was – nach unseren eigenen Maßstäben – uns *zu sehr* hat leiden lassen.

Glauben Sie, ich habe ihn wieder und wieder gelesen, um Ihnen nahe zu sein und ganz den jetzigen Zustand Ihres Schmerzes zu verstehen und aufzufassen. Wie tief muss er sein, da Sie bis zu jenen Stellen seiner Windstille eindringen konnten (wenige Menschen, schon aus Mißtrauen gegen den Schmerz, gelangen dorthin) –, und wie wahrhaft ist er, da Sie ihn bis ins Körperlichste verfolgen und ihn in seinen beiden Extremen erfahren können: ganz im Seelischen, dort wo er uns so unendlich übertrifft, daß wir ihn nur noch als Stille, als Pause, als Intervall unserer Natur empfinden, und auch wieder, plötzlich, an seinem anderen Ende, wo er wie ein leibliches Wehtun ist, ein unbeholfener heilloser Kinder-Schmerz, der stöhnen macht. Aber ist es nicht wunderbar (und ist es nicht irgendwie ein Werk der Mütterlichkeit), so in den Kontrasten des eigenen Wesens herumgeführt zu sein? Und Sie empfindens ja auch oft wie eine Einweihung, eine Einführung ins *Ganze* und so, als könne einem nichts Böses, nichts in bösem Sinne Tödliches mehr widerfahren, wenn dieses elementarische Leid einmal rein und wahrhaftig durchgemacht ist. – Ich habe mir oft gesagt, daß dieses der Drang oder (wenn so zu sagen erlaubt ist) die heilige List der Märtyrer war, daß sie verlangten, den Schmerz, den fürchterlichsten Schmerz, das Übermaß alles Schmerzes, hinter sich zu legen, – das, was sich sonst, unvorsehlich, in kleinen oder größeren Dosen körperlichen und seelischen Leidens über ein Leben verteilt und mit seinen Momenten vermischt – diese ganze Leidensmöglichkeit *auf einmal* heraufzurufen, zu beschwören, damit dahinter, nach solcher Überstehung, nur noch die Seligkeit sei, die ununterbrochene Seligkeit im Anschaun Gottes – die nichts mehr stören kann, am Ausgang der Überwindungen ... So ist auch der Verlust, dessen Schatten über Ihnen liegt, eine Aufgabe des Überstehens, ja ein *Aufarbeiten* alles Leidens, das über uns kommen kann – (denn mit der Mutter, die uns verläßt, fällt aller Schutz); eine ungeheure Abhärtung ist auszuhalten – aber dafür geht (und auch *das* fingen Sie schon an zu fühlen) ... dafür geht nun die Macht des Schützens an Sie über, und alle Mildigkeit, die Sie bisher noch *empfangen* durften, wird mehr und mehr in Ihrem Inneren aufblühen und es wird nun *Ihre* neue Fähigkeit sein, sie als ein Eigenes (unsäglich, um den tiefsten Preis Ererbtes und Erworbenes), von sich aus, auszuteilen.

Mehr als einmal schon hab ich Ihnen angedeutet, wie ich mehr und mehr in meinem Leben und in meiner Arbeit nur noch von dem Bestreben geführt bin, überall unsere alten Verdrängungen zu korrigieren, die uns die Geheimnisse entrückt und nach und nach entfremdet haben, aus denen wir unendlich aus dem Vollen leben könnten. Die Furchtbarkeit hat die Menschen erschreckt und entsetzt: aber wo ist ein Süßes und Herrliches, das nicht zu Zeiten *diese* Maske trüge, die des Furchtbaren? Das Leben selbst – und wir kennen nichts außer ihm – ist es nicht furchtbar? Aber sowie wir seine Furchtbarkeit zugeben (nicht als Widersacher, denn wie vermöchten wir ihr gewachsen zu sein?), sondern irgendwie in einem Vertrauen, daß eben diese Furchtbarkeit ein ganz *Unsriges* sei, nur ein, vor der Hand, für unsere lernenden Herzen noch zu Großes, zu Weites, zu Unumfaßliches ..., so wie wir, meine ich, seine schrecklichste Furchtbarkeit bejahen, auf die Gefahr hin, an ihr (d.h. an unserem Zuviel!) zu Grunde zu gehen –, erschließt sich uns eine Ahnung des Seligsten, das um diesen Preis unser ist. Wer nicht der Fürchterlichkeit des Lebens irgendwann, mit einem endgültigen Entschlusse, zustimmt, ja ihr zujubelt, der nimmt die unsäglichen Vollmächte unseres Daseins nie in Besitz, der geht am Rande hin, der wird, wenn einmal die Entscheidung fällt, weder ein Lebendiger noch ein Toter gewesen sein.

Mit ein paar Worten nur komm ich Dir danken für Deinen Brief, den fünften; ich kann ihn gut verstehen in allem und mit Dir gehen bis in Deine Traurigkeit hinein, diese mir so tief bekannte Traurigkeit, für die man natürlich Gründe finden kann ... und die doch nur eine empfindliche Stelle in uns ist, immer dieselbe, eine jener Stellen, die, wenn sie schmerzen, sich nicht mehr feststellen lassen, so daß wir sie in all dem dumpfen Schmerzgefühl nicht zu erkennen und zu behandeln wissen. Ich weiß das alles. Und auch eine Frohheit gibt es, die ähnlich ist – und über beides muß man vielleicht noch irgendwie hinauskommen. Ich dachte es neulich noch, als ich mehrere Tage hintereinander da hinaufstieg in die einsamen Berghalden Anacapris und oben so froh war, so mühselig froh auch in der Seele. Man läßt doch das eine wie das andere immer wieder fallen: diese Frohheit, jenes Traurigsein. Man hat beides noch nicht. Und was ist man, solang man aufsteht, und ein Wind draußen, ein Glanz, ein Stück aus Vogelstimmen in der Luft kann einem nehmen und mit einem tun, was er will? Es ist gut, das alles zu hören und zu sehen und zu nehmen, nicht abzustumpfen dagegen, im Gegenteil: es immer tausendfältiger in all seiner Abwandlung zu fühlen, ohne doch daran sich zu verlieren.

Einmal sagte ich zu Rodin an einem Apriltag, der voller Frühling war: »wie das einen auflöst, wie man mitarbeiten muss mit allen Säften und sich anstrengen, bis man müde wird –. Kennen Sie das nicht auch?« Und er, der sicher von sich aus den Frühling zu nehmen wusste, mit einem raschen Blick: »Ah – Je n'y ai jamais fait attention.« [Ach, darauf habe ich noch nie geachtet.] Das ist es, was wir zu lernen haben, auf gewisse Dinge *nicht* achtgeben; *zu* gesammelt sein, um an sie, an die man nie mit dem ganzen Wesen heran kann, mit irgendeiner empfindlichen Seite zu rühren. Alles nur mit dem *ganzen* Leben fühlen; dann bleibt viel (zu schmales) ausgeschlossen, aber alles Wichtige kommt vor.

Tod

Ich will wieder eine Weile zu Ihnen reden, lieber Herr Kappus, obwohl ich fast nichts sagen kann, was hilfreich ist, kaum etwas Nützliches. Sie haben viele und große Traurigkeiten gehabt, die vorübergingen. Und Sie sagen, daß auch dieses Vorübergehen schwer und verstimmend für Sie war. Aber, bitte, überlegen Sie, ob diese großen Traurigkeiten nicht vielmehr mitten durch Sie durchgegangen sind? Ob nicht vieles in Ihnen sich verwandelt hat, ob Sie nicht irgendwo, an irgendeiner Stelle Ihres Wesens sich verändert haben, während Sie traurig waren? Gefährlich und schlecht sind nur jene Traurigkeiten, die man unter die Leute trägt, um sie zu übertönen; wie Krankheiten, die oberflächlich und töricht behandelt werden, treten sie nur zurück und brechen nach einer kleinen Pause um so furchtbarer aus; und sammeln sich an im Innern und sind Leben, sind ungelebtes, verschmähtes, verlorenes Leben, an dem man sterben kann. Wäre es uns möglich, weiter zu sehen, als unser Wissen reicht, und noch ein wenig über die Vorwerke unseres Ahnens hinaus, vielleicht würden wir dann unsere Traurigkeiten mit größerem Vertrauen ertragen als unsere Freuden. Denn sie sind die Augenblicke, da etwas Neues in uns eingetreten ist, etwas Unbekanntes; unsere Gefühle verstummen in scheuer Befangenheit, alles in uns tritt zurück, es entsteht eine Stille, und das Neue, das niemand kennt, steht mitten darin und schweigt.

Ich glaube, daß fast alle unsere Traurigkeiten Momente der Spannung sind, die wir als Lähmung empfinden, weil wir unsere befremdeten Gefühle nicht mehr leben hören. Weil wir mit dem Fremden, das bei uns eingetreten ist, allein sind, weil uns alles Vertraute und Gewohnte für einen Augenblick fortgenommen ist; weil wir mitten in einem Übergang stehen, wo wir nicht stehen bleiben können. Darum geht die Traurigkeit auch vorüber: das Neue in uns, das Hinzugekommene, ist in unser Herz eingetreten, ist in seine innerste Kammer gegangen und ist auch dort nicht mehr, – ist schon im Blut. Und wir erfahren nicht, was es war. Man könnte uns leicht glauben machen, es sei nichts geschehen, und doch haben wir uns verwandelt, wie ein Haus sich verwandelt, in welches ein Gast eingetreten ist. Wir können nicht sagen, wer gekommen ist, wir werden es vielleicht nie wissen, aber es sprechen viele Anzeichen dafür, daß die Zukunft in solcher Weise in uns eintritt, um sich in uns zu verwandeln, lange bevor sie geschieht. Und darum ist es so wichtig, einsam und aufmerksam zu sein, wenn man traurig ist: weil der scheinbar ereignislose und starre Augenblick, da unsere Zukunft uns betritt, dem Leben so viel näher steht als jener andere laute und zufällige Zeitpunkt, da sie uns, wie von außen her, geschieht. Je stiller, geduldiger und offener wir als Traurige sind, um so tiefer und um so unbeirrter geht das Neue in uns ein, um so besser erwerben wir es, um so mehr wird es *unser* Schicksal sein, und wir werden uns ihm, wenn es eines späteren Tages »geschieht« (das heißt: aus uns heraus zu den anderen tritt), im Innersten verwandt und nahe fühlen. Und das ist nötig. Es ist nötig und dahin wird nach und nach unsere Entwicklung gehen –, daß uns nichts Fremdes widerfahre, sondern nur das, was uns seit lange gehört. Man hat schon so viele Bewegungs-Begriffe umdenken müssen, man wird auch allmählich erkennen lernen, daß das, was wir Schicksal nennen, aus den Menschen heraustritt, nicht von außen her in sie hinein. Nur weil so viele ihre Schicksale, solange sie in ihnen lebten, nicht aufsaugten und in sich selbst verwandelten, erkannten sie nicht, was aus ihnen trat; es war ihnen so fremd, daß sie, in ihrem wirren Schrecken, meinten, es müsse gerade jetzt in sie eingegangen sein, denn sie beschworen, vorher nie Ähnliches in sich gefunden zu haben. Wie man sich lange über die Bewegung der Sonne getäuscht hat, so täuscht man sich immer noch über die Bewegung des Kommenden. Die Zukunft steht fest, lieber Herr Kappus, wir aber bewegen uns im unendlichen Raume.

Wie sollten wir es nicht schwer haben?

Und wenn wir wieder von der Einsamkeit reden, so wird immer klarer, daß das im Grunde nichts ist, was man wählen oder lassen kann. Wir *sind* einsam. Man kann sich darüber täuschen und tun, als wäre es nicht so. Das ist alles. Wieviel besser ist es aber, einzusehen, daß wir es sind, ja geradezu, davon auszugehen. Da wird es freilich geschehen, daß wir schwindeln; denn alle Punkte, worauf unser Auge zu ruhen pflegte, werden uns fortgenommen, es gibt nichts Nahes mehr, und alles Ferne ist unendlich fern. Wer aus seiner Stube, fast ohne Vorbereitung und Übergang, auf die Höhe eines großen Gebirges gestellt würde, müßte Ähnliches fühlen: eine Unsicherheit ohnegleichen, ein Preisgegebensein an Namenloses würde ihn fast vernichten. Er würde vermeinen zu fallen oder sich hinausgeschleudert glauben in den Raum oder in tausend Stücke auseinandergesprengt: welche ungeheure Lüge müsste sein Gehirn erfinden, um den Zustand seiner Sinne einzuholen und aufzuklären. So verändern sich für den, der einsam wird, alle Entfernungen, alle Maße; von diesen Veränderungen gehen viele plötzlich vor sich, und wie bei jenem Mann auf dem Berggipfel entstehen dann ungewöhnliche Einbildungen und seltsame Empfindungen, die über alles Erträgliche hinauszuwachsen scheinen. Aber es ist notwendig, daß wir auch *das* erleben. Wir müssen unser Dasein so *weit*, als es irgend geht, annehmen; alles, auch das Unerhörte, muß darin möglich sein. Das ist im Grunde der einzige Mut, den man von uns verlangt: mutig zu sein zu dem Seltsamsten, Wunderlichsten und Unaufklärbarsten, das uns begegnen kann. Daß die Menschen in diesem Sinne feige waren, hat dem Leben unendlichen Schaden getan; die Erlebnisse, die man »Erscheinungen«

nennt, die ganze sogenannte »Geisterwelt«, der Tod, alle diese uns so anverwandten Dinge, sind durch die tägliche Abwehr aus dem Leben so sehr hinausgedrängt worden, daß die Sinne, mit denen wir sie fassen könnten, verkümmert sind. Von Gott gar nicht zu reden. Aber die Angst vor dem Unaufklärbaren hat nicht allein das Dasein des Einzelnen ärmer gemacht, auch die Beziehungen von Mensch zu Mensch sind durch sie beschränkt, gleichsam aus dem Flußbett unendlicher Möglichkeiten herausgehoben worden auf eine brache Uferstelle, der nichts geschieht. Denn es ist nicht die Trägheit allein, welche macht, daß die menschlichen Verhältnisse sich so unsäglich eintönig und unerneut von Fall zu Fall wiederholen, es ist die Scheu vor irgendeinem neuen, nicht absehbaren Erlebnis, dem man sich nicht gewachsen glaubt.
Aber nur wer auf alles gefaßt ist, wer nichts, auch das Rätselhafteste nicht, ausschließt, wird die Beziehung zu einem anderen als etwas Lebendiges leben und wird selbst sein eigenes Dasein ausschöpfen. Denn wie wir dieses Dasein des Einzelnen als einen größeren oder kleineren Raum denken, so zeigt sich, daß die meisten nur eine Ecke ihres Raumes kennen lernen, einen Fensterplatz, einen Streifen, auf dem sie auf und nieder gehen. So haben sie eine gewisse Sicherheit. Und doch ist jene gefahrvolle Unsicherheit so viel menschlicher, welche die Gefangenen in den Geschichten Poes drängt, die Formen ihrer fürchterlichen Kerker abzutasten und den unsäg-

lichen Schrecken ihres Aufenthaltes nicht fremd zu sein. Wir aber sind nicht Gefangene. Nicht Fallen und Schlingen sind um uns aufgestellt, und es gibt nichts, was uns ängstigen oder quälen sollte. Wir sind ins Leben gesetzt, als in das Element, dem wir am meisten entsprechen, und wir sind überdies durch jahrtausendelange Anpassung diesem Leben so ähnlich geworden, daß wir, wenn wir stille halten, durch eine glückliche Mimikry von allem, was uns umgibt, kaum zu unterscheiden sind. Wir haben keinen Grund, gegen unsere Welt Mißtrauen zu haben, denn sie ist nicht gegen uns. Hat sie Schrecken, so sind es *unsere* Schrecken, hat sie Abgründe, so gehören diese Abgründe uns, sind Gefahren da, so müssen wir versuchen, sie zu lieben. Und wenn wir nur unser Leben nach jenem Grundsatz einrichten, der uns rät, daß wir uns immer an das Schwere halten müssen, so wird das, welches uns jetzt noch als das Fremdeste erscheint, unser Vertrautestes und Treuestes werden. Wie sollten wir jener alten Mythen vergessen können, die am Anfange aller Völker stehen, der Mythen von den Drachen, die sich im äußersten Augenblick in Prinzessinnen verwandeln; vielleicht sind alle Drachen unseres Lebens Prinzessinnen, die nur darauf warten, uns einmal schön und mutig zu sehen. Vielleicht ist alles Schreckliche im tiefsten Grunde das Hilflose, das von uns Hilfe will.

Da dürfen Sie, lieber Herr Kappus, nicht erschrecken, wenn eine Traurigkeit vor Ihnen sich aufhebt, so groß, wie Sie noch keine gesehen haben; wenn eine Unruhe, wie Licht und Wolkenschatten, über Ihre Hände geht und über all Ihr Tun. Sie müssen denken, daß etwas an Ihnen geschieht, daß das Leben Sie nicht vergessen hat, daß es Sie in der Hand hält; es wird Sie nicht fallen lassen. Warum wollen Sie irgendeine Beunruhigung, irgendein Weh, irgendeine Schwermut von Ihrem Leben ausschließen, da Sie doch nicht wissen, was diese Zustände an Ihnen arbeiten? Warum wollen Sie sich mit der Frage verfolgen, woher das alles kommen mag und wohin es will? Da Sie doch wissen, daß Sie in den Übergängen sind, und nichts so sehr wünschten, als sich zu verwandeln. Wenn etwas von Ihren Vorgängen krankhaft ist, so bedenken Sie doch, daß die Krankheit das Mittel ist, mit dem ein Organismus sich von Fremdem befreit; da muß man ihm nur helfen, krank zu sein, seine ganze Krankheit zu haben und auszubrechen, denn das ist sein Fortschritt. In Ihnen, lieber Herr Kappus, geschieht jetzt so viel; Sie müssen geduldig sein wie ein Kranker und zuversichtlich wie ein Genesender; denn vielleicht sind Sie beides. Und mehr: Sie sind auch der Arzt, der sich zu überwachen hat. Aber da gibt es in jeder Krankheit viele Tage, da der Arzt nichts tun kann als abwarten. Und das ist es, was Sie, soweit Sie Ihr Arzt sind, jetzt vor allem tun müssen.

Beobachten Sie sich nicht zu sehr. Ziehen Sie nicht zu schnelle Schlüsse aus dem, was Ihnen geschieht; lassen Sie es sich einfach geschehen. Sie kommen sonst zu leicht dazu, mit Vorwürfen (das heißt: moralisch) auf Ihre Vergangenheit zu schauen, die natürlich an allem, was Ihnen jetzt begegnet, mitbeteiligt ist. Was aus den Irrungen, Wünschen und Sehnsüchten Ihrer Knabenzeit in Ihnen wirkt, ist aber nicht das, was Sie erinnern und verurteilen. Die außergewöhnlichen Verhältnisse einer einsamen und hilflosen Kindheit sind so schwer, so kompliziert, so vielen Einflüssen preisgegeben und zugleich so ausgelöst aus allen wirklichen Lebenszusammenhängen, daß, wo ein Laster in sie eintritt, man es nicht ohne weiteres Laster nennen darf. Man muß überhaupt mit den Namen so vorsichtig sein; es ist so oft der *Name* eines Verbrechens, an dem ein Leben zerbricht, nicht die namenlose und persönliche Handlung selbst, die vielleicht eine ganz bestimmte Notwendigkeit dieses Lebens war und von ihm ohne Mühe aufgenommen werden könnte. Und der Kraft-Verbrauch scheint Ihnen nur deshalb so groß, weil Sie den Sieg überschätzen; nicht er ist das »Große«, das Sie meinen geleistet zu haben, obwohl Sie recht haben mit Ihrem Gefühl; das Große ist, daß schon etwas da war, was Sie an Stelle jenes Betruges setzen durften, etwas Wahres und Wirkliches. Ohne dieses wäre auch Ihr Sieg nur eine moralische Reaktion gewesen, ohne weite Bedeutung, so aber ist er ein Abschnitt Ihres Lebens geworden. Ihres Lebens, lieber Herr Kappus, an das ich mit so vielen Wünschen denke. Erinnern Sie sich, wie sich dieses Leben aus der Kindheit heraus nach dem »Großen« gesehnt hat? Ich sehe, wie es sich jetzt von den Großen fort nach den Größeren sehnt. Darum hört es nicht auf, schwer zu sein, aber darum wird es auch nicht aufhören zu wachsen.

Im Sterben dagegen muß leiblicher Schmerz oft eine böse Beirrung sein, da er gewiß das Hiesigste ist, ungültig sozusagen dem Allgemeinen gegenüber, in das der Sterbende sich richtet. Die eigensinnige örtliche Betonung des Schmerzes, die zur Einseitigkeit zwingt, widerspricht wahrscheinlich der Neigung des Sterbenden, ein schon weltisches Teilnehmen zu versuchen: das dann freilich noch ganz mit hiesigen Mitteln geleistet wird; aber die irdischen Mittel sich anzueignen, eine gewisse Vollzähligkeit unserer Beziehungen zur Erde zu erreichen, unsäglich, unbeschreiblich, atemlos hier zu sein: wäre das nicht der einzige Weg für uns, endlich zu mehr als nur Irdischem gefasst zu werden?

Einmal stand ich auf einer Brücke in Paris und sah von ferne auf einer zum Fluß hinunter gemauerten Strasse, in Wachstuch eingeschlagen, einen Selbstmörder liegen, den man eben tot aus der Seine gezogen hatte. Plötzlich hörte ich jemanden neben mir etwas sagen; es war ein junger blonder Fuhrmann in blauer Bluse, ganz jung, rothblond, mit klugem, pfiffig-zugespitzten Gesicht. Am

Kinn hatte er eine Warze, aus der ein steifes Büschel rother Haare, wie ein Pinsel, beinahe übermüthig, heraussprang. Da ich mich ihm zukehrte, wies er mit einem Ruck des Kopfes gegen jenen Gegenstand hin, der uns beide beschäftigte, und sagte zwinkernd: »Dites donc celui-là, s'il a pu encore faire ça, il aurait bien pu faire autre chose.« [»Sehen Sie, der da, wenn er das noch geschafft hat, hätte er auch noch anderes schaffen können.«]

Ich schaute ihm erstaunt nach, während er schon zu seinem enormen Steinkarren zurückging, denn wirklich: *was* müßte man nicht alles mit eben jener Kraft leisten können, die nöthig ist, um die starken gewaltigen Bindungen des Lebens zu lösen! Seither weiß ich gewiß, daß auch noch das Schlechteste, die Verzweiflung, nur eine Fülle ist, ein Andrang des Daseins, der sich mit einem einzigen Entschluß des Herzens ins Gegentheil werfen ließe, und wo etwas ganz schwer und unerträglich wird, da stehen wir auch immer schon dicht vor seiner Verwandlung.

Worte ... können es solche der Tröstung sein? – Ich bin dessen nicht sicher, ich glaube auch nicht recht, daß man sich über einen Verlust von der Plötzlichkeit und Größe dessen, den Sie erlitten haben, trösten kann oder soll ...

»Wehe denen, die getröstet sind«, so ähnlich notiert

die mutige Marie Lenéru in ihrem merkwürdigen »Journal«, und hier wäre ja auch Trost eine der vielen Ablenkungen, eine Zerstreuung, also im tiefsten ein Leichtsinniges und Unfruchtbares. – Selbst die Zeit »tröstet« ja nicht, wie man oberflächlich sagt, sie räumt höchstens ein, sie ordnet, – und nur weil wir die Ordnung, zu der sie so still mitwirkt, später so wenig genau nehmen, ja sie so wenig betrachten, daß wir das nun Eingestellte und Besänftigte, im großen ganzen Versöhnte, statt es dort zu bewundern, nur weil es uns nicht mehr so wehe tut, für eine unsrige Vergeßlichkeit und Schwäche des Herzens halten. Ach wie wenig *vergißt* es, das Herz – und wie stark wäre es, wenn wir ihm nicht seine Aufgaben entzögen, ehe sie völlig und eigentlich geleistet sind! – Nicht sich trösten wollen über einen solchen Verlust, müßte unser Instinkt sein, vielmehr müßte es unsere tiefe schmerzhafte Neugierde werden, ihn ganz zu erforschen, die Besonderheit, die Einzigkeit gerade *dieses* Verlustes, seine Wirkung innerhalb unseres Lebens zu erfahren, ja wir müßten die edle Habgier aufbringen, gerade um *ihn*, um seine Bedeutung und Schwere, unsere innere Welt zu bereichern ... Ein solcher Verlust ist, je tiefer er uns trifft und je heftiger er uns angeht, desto mehr eine *Aufgabe*, das nun im Verlorensein hoffnungslos Betonte, neu, anders und endgültig in Besitz zu nehmen: *dies* ist dann unendliche Leistung, die alles Negative, das dem Schmerz anhaftet, alle Trägheit und Nachgiebigkeit, die immer einen Teil des

Schmerzes ausmacht, auf der Stelle überwindet, dies ist tätiger, innenwirkender Schmerz, der einzige, der Sinn hat und unserer würdig ist. Ich liebe nicht die christlichen Vorstellungen eines Jenseits, ich entferne mich von ihnen immer mehr, ohne natürlich daran zu denken, sie anzugreifen ...; sie mögen ihr Recht und Bestehen haben, neben so vielen anderen Hypothesen der göttlichen Peripherie – aber für mich enthalten sie zunächst die Gefahr, uns nicht allein die Entschwundenen ungenauer und zunächst unerreichbarer zu machen –; sondern auch wir selber, uns in der Sehnsucht hinüberziehend und *fort* von hier, werden darüber weniger bestimmt, weniger irdisch: was wir doch, vor der Hand, so lange wir *hier* sind, und verwandt mit Baum, Blume und Erdreich, in einem reinsten Sinne zu bleiben, ja immer erst noch zu werden haben! Was mich angeht, so starb mir, was mir starb, sozusagen in mein eigenes Herz hinein: der Entschwundene, wenn ich ihn suchte, nahm sich in mir eigentümlich und so überraschend zusammen, und es war so rührend, zu fühlen, daß er nun *nur* noch dort sei, daß mein Enthusiasmus seiner dortigen Existenz zu dienen, sie zu vertiefen und zu verherrlichen, fast in demselben Augenblick die Oberhand bekam, in dem sonst der Schmerz die ganze Landschaft des Gemüts überfallen und verwüsten haben würde. Wenn ich mich erinnere, wie ich – oft bei äußerster Schwierigkeit, einander zu verstehen und gelten zu lassen – meinen Vater geliebt habe! Oft in der Kindheit, verwirrten sich die

Gedanken, und das Herz erstarrte mir über der bloßen Vorstellung, er könne einmal nicht mehr sein; mein Dasein schien mir so völlig durch ihn bedingt (mein von vornherein doch so anders gerichtetes Dasein!), daß sein Fortgehen meiner innersten Natur gleichbedeutend war mit meinem eigenen Untergang …, aber so tief steckt der Tod im Wesen der Liebe, daß er ihr (wenn wir ihn nur *mit*wissen, ohne uns durch die ihm angehängten Häßlichkeiten und Verdächte beirren zu lassen) nirgends widerspricht: *wo* schließlich, kann er eins, das wir unsäglich im Herzen getragen haben, anders hin verdrängen, als *in* eben dieses Herz, wo wäre die »Idee« dieses geliebten Wesens, ja seine unaufhörliche Wirkung (: denn *wie* könnte *die* aufhören, die doch schon, da es mit uns lebte, von seiner greifbaren Gegenwart mehr und mehr unabhängig war) … wo wäre diese immer schon geheime Wirkung gesicherter, als *in* uns?! Wo können wir ihr näher kommen, wo sie reiner feiern, wann ihr besser gehorchen, als wenn sie mit unseren eigenen Stimmen verbunden auftritt, als ob unser Herz eine neue Sprache gelernt hätte, ein neues Lied, eine neue Kraft! – Ich werf es allen modernen Religionen vor, daß sie ihren Gläubigen Tröstungen und Beschönigungen des Todes geliefert haben, statt ihnen Mittel ins Gemüt zu geben, sich mit ihm zu vertragen und zu verständigen. Mit ihm, mit seiner völligen, unmaskierten Grausamkeit: diese Grausamkeit ist so ungeheuer, daß sich gerade bei ihr der Kreis schließt: sie führt schon wieder an das Extrem einer Milde, die so groß, so rein und so vollkommen *klar* ist (aller Trost ist trübe!), wie wir nie, auch nicht im süßesten Frühlingstag, Mildigkeit geahnt haben. Aber zur Erfahrung dieser tiefsten Milde, die, empfänden sie nur einige von uns mit Überzeugung, vielleicht alle Verhältnisse des Lebens nach und nach durchdringen und transparent machen könnte: zur Erfahrung *dieser* reichsten und heilsten Milde hat die Menschheit niemals auch nur die ersten Schritte getan, – es sei denn in ihren ältesten, arglosesten Zeiten, deren Geheimnis uns fast verloren gegangen ist. Nichts, ich bin sicher, war je der Inhalt der »Einweihungen«, als eben die Mitteilung eines »Schlüssels«, der erlaubte, das Wort »Tod« *ohne* Negation zu lesen; wie der Mond, so hat gewiß das Leben eine uns dauernd abgewendete Seite, die *nicht* sein Gegenteil ist, sondern seine Ergänzung zur Vollkommenheit, zur Vollzähligkeit, zu der wirklichen heilen und vollen Sphäre und Kugel des *Seins*.

Man sollte nicht fürchten, daß unsere Kraft nicht hinreichte, irgend eine, und sei es die nächste und sei es die schrecklichste Todeserfahrung zu ertragen; der Tod ist nicht *über* unsere Kraft, er ist der Maßstrich am Rande des Gefäßes: wir sind *voll*, sooft wir ihn erreichen – und Voll-sein heißt (für uns) Schwer-sein ... das ist alles. – Ich will nicht sagen, daß man den Tod *lieben* soll; aber man soll das Leben so großmütig, so ohne Rechnen und Auswählen lieben, daß man unwillkürlich ihn (des Lebens abgekehrte Hälfte) immerfort mit einbezieht, ihn mitliebt – was ja auch tatsächlich in den großen Bewegungen der Liebe, die unaufhaltsam sind und unabgrenzbar, jedesmal geschieht! Nur weil wir den Tod ausschließen in einer plötzlichen Besinnung, ist er mehr und mehr zum Fremden geworden, und da wir ihn im Fremden hielten, ein Feindliches.

Es wäre denkbar, daß er uns unendlich viel näher steht, als das Leben selbst ... Was wissen wir davon?! Unser effort (dies ist mir immer deutlicher geworden mit den Jahren, und meine Arbeit hat vielleicht nur noch den *einen* Sinn und Auftrag, von dieser Einsicht, die mich so oft unerwartet überwältigt, immer unparteiischer und unabhängiger ... seherischer vielleicht, wenn das nicht zu stolz klingt ... Zeugnis abzulegen),... unser effort, mein ich, kann *nur* dahin gehen, die *Einheit* von Leben und Tod vorauszusetzen, damit sie sich uns nach und nach erweise. Voreingenommen, wie wir es *gegen* den Tod sind, kommen wir nicht dazu, ihn aus seinen Entstellungen zu lösen ... glauben Sie nur, liebe gnädigste Gräfin, daß er ein *Freund* ist, unser tiefster, vielleicht der einzige durch unser Verhalten und Schwanken niemals, niemals beirrbare Freund ... und *das*, versteht sich, *nicht* in jenem sentimentalisch-romantischen Sinn der Lebensabsage, des Lebens-Gegenteils, sondern unser Freund, gerade dann, wenn wir dem Hier-Sein, dem Wirken, der Natur, der Liebe ... am leidenschaftlichsten, am erschüttertsten zustimmen. Das Leben sagt immer zugleich: Ja und Nein. Er, der Tod (ich beschwöre

Sie, es zu glauben!), ist der eigentliche Ja-Sager. Er sagt *nur*: Ja. Vor der Ewigkeit.

Und jetzt stehe ich zum Tode so, daß er mich mehr in denen erschreckt, die ich versäumt habe, die mir unerklärt oder verhängnisvoll geblieben sind, als aus denen, die ich, als sie lebten, mit Sicherheit liebte, wenn sie auch nur einen Augenblick in der Verklärung jener Nähe aufstrahlten, die der Liebe erreichbar ist. – Die Menschen hätten bei einiger Einfalt und Freude am Wirklichen (als welches von der Zeit völlig unabhängig ist) nie auf den Gedanken kommen brauchen, daß sie das, womit sie sich wahrhaft verbanden, irgendwann wieder verlieren könnten: kein Sternbild steht so zusammen; nichts Getanes ist so unwiderruflich wie menschlicher Zusammenhang, der ja schon im Augenblick, wo er sichtbar sich schließt, stärker und gewaltiger im Unsichtbaren vor sich geht, im Tiefsten: dort, wo unser Dasein so dauernd ist wie Gold im Gestein; beständiger als ein Stern.

Durch das Verlieren, durch so großes, so unmäßiges Verlieren, sind wir recht eigentlich eingeführt ins Ganze, der Tod ist nur ein unerbittliches Mittel, uns auch mit der uns abgekehrten Seite unseres Daseins (was soll ich mehr betonen: »unseres« oder »Daseins«? Beides ist hier von der schwersten Betonung, wie mit dem Gewicht aller Sterne aufgewogen!) vertraut, vertraulich zu machen.

Siehst Du, ich meine, daß Du nun, da Dir zum ersten Mal zugemuthet wird, im Tode des unendlich Nächsten den Tod zu erleiden, den ganzen Tod, (irgendwie mehr als nur den Deinigen, möglichen –), daß jetzt der Augenblick ist, da Du am fähigsten bist, das reine Geheimnis wahr-zu-nehmen, das, glaub es mir, nicht des Todes, sondern des Lebens ist.

Jetzt heißt es, in einer unerhörten und unerschöpfbaren Großmuth des Schmerzes, den Tod, den ganzen Tod, da er durch ein Dir Theueres Dir greifbar geworden ist (und Du dadurch verwandt mit ihm), zum Leben hinzuzunehmen, als ein nicht mehr Abzulehnendes, nicht länger Verleugnetes. Reiß es an Dich, dieses Entsetzliche, *spiele*, solang Du's nicht leisten kannst, eine Vertraulichkeit zu ihm, schreck es nicht ab, indem Du vor ihm (wie alle anderen) erschrickst. Geh mit ihm um, oder, wenn das noch zu viel verlangt ist von Deiner Überwindung, halt wenigstens still, so daß es ganz nahe kommen kann, das immer verjagte Wesen des Todes, und sich Dir anschmiege. Denn dies ist, siehst Du, der Tod geworden bei uns, dies immer Verscheuchte, das sich nie mehr zu erkennen geben konnte. Wenn der Tod, im Augenblick da er uns kränkt und erschüttert, einen, den

Geringsten von uns, vertraulich fände (und nicht voll Grauen), in was für Geständnissen ginge er – unendlich – zu ihm über! Ein kleiner Moment nur des gut Gewilltsein zu ihm, eine kurze Unterdrückung des Vor-Urtheils, und schon hat er unendliche Anvertrauungen bereit, die unsere Ahnung überwältigen, ihn in zitternder Abwartung, zu ertragen.

Nichts ist uns so unbedingt aufgegeben, wie das tägliche Erlernen des Sterbens, aber nicht durch Absagen an das Leben bereichert sich unser Wissen um den Tod; erst die ergriffene und aufgebissene reife Frucht des Hiesigen verteilt in uns seinen unbeschreiblichen Geschmack.

Es heißt entweder: Der Tod ist ein so unbeschreiblicher, unermeßlicher Werth, daß Gott zuläßt, daß er uns immer, und selbst in der unsinnigsten Weise, darf zugefügt werden, nur weil er uns ein Größeres nicht zuzuwenden vermag. Oder diese Nachricht ist *so* zu lesen: unser persönliches Dasein hat keinerlei Bedeutung für Gott, weit entfernt, ihm seine Dauer zuzumessen, weiß er gar nichts von seinem Vorhandensein und von dem ungeheueren Werthe, den wir seiner Fristung zuschreiben. Diese Einsicht, wenn man sie nur einmal *wirklich* erlebte, würde in den freieren Köpfen keineswegs den Schaden anrichten, daß Gott geleugnet würde; aber sie wäre imstand, die wesentlichen Bedingungen seiner Existenz gegen die unsere abzugrenzen. Nichts macht unfähiger, Gott wirklich zu erfahren, als unser Eigensinn, Eingriffe seiner Hand *dort* erkennen zu wollen, wo sie sich von jeher enthält, – und indem wir uns seine Theilnehmung an so vielem uns Angehenden einbilden, versäumen wir wahrscheinlich ihre, an anderen Stellen sich erfüllenden Zeichen und ihre lautesten Beweise.

Das Hiersein als eine Seite des Seins überhaupt zu verstehen und leidenschaftlich zu erschöpfen, das wäre die Anforderung des Todes an uns, während das Leben, wo man es nur wahrhat, an jeder Stelle das ganze Leben ist.

Obzwar wir ja, muß man bedenken, dem Tode immer gleich nahe sind, nur ohne fühlbare Wehr wider ihn; während die Natur, in solchen Momenten plötzlichen Alarms, alles gegen ihn aufbietet, so daß gerade dann, wenn sie sich mit allen Mitteln von ihm zu entfernen strebt, ein Verhältnis der Todesnähe sich herzustellen scheint. In Wirklichkeit sind wir ihm, durch die bloße Tatsache des Lebens, so nahe, daß wir ihm, unter keinen Umständen, uns noch enger annähern könnten.

Der Verstorbene war ein außerordentlich großer, langer, hagerer Mann. Es gehörte nicht viel dazu, um einzusehn, daß er an gewisse harte und steile Pferde erinnerte, von denen jeder, der wenig mit Pferden zu tun hat, fürchtet, daß sie eines Tages durchgehen könnten. In Wirklichkeit tun sie es nie; aber es ist nicht unbegreiflich, daß die Leute ihnen mißtrauen. Denn in der Haltung ihres Kopfes ist eine Heftigkeit ausgesprochen, die umsomehr beunruhigt, als sie sich nicht in Bewegungen offenbart, sondern in einem umständlichen Stillehalten, das aber, so meint man, mit etwas Heftigem begonnen haben muss und nicht anders als gewaltsam enden kann. Dieses Gefühl wird eigentümlich unterstützt durch den Blick dieser Tiere, der klagend ist, sobald man ihm zufällig begegnet. Sieht man aber in ihre Augen hinein, so sind sie aufgeregt und aufgerissen wie die offenen Augen in einem Bilde das man umdreht.

Eigentlich war er längst frei, und wenn ihn etwas am Sterben hinderte, so wars vielleicht nur der Umstand, daß er es schon einmal irgendwo übersehen hatte, so daß er nicht, wie die andern, daraufzu weiter mußte, sondern dazu zurück. Sein Geschehn war schon draußen, stand in den überzeugten Dingen, mit denen die Kinder spielen, und ging in ihnen zu Grund. Oder es war gerettet im Aufschaun einer Fremden, die vorüberkam, wenigstens verließ es sich dort auf seine Gefahr.

Aber auch die Hunde liefen damit vorbei, beunruhigt und sich umsehend, ob er es ihnen nicht wieder wegnähme. Wenn er aber vor den Mandelbaum trat, der in seiner Blüte war, so erschrak er dennoch, es so völlig dort drüben zu finden, ganz übergegangen, ganz dort beschäftigt, ganz fort von ihm; und er selber nicht genau genug gegenüber und zu trübe, um dieses sein Sein auch nur zu spiegeln. Wäre er ein Heiliger geworden, so hätte er aus diesem Zustand eine heitere Freiheit gezogen, die unendlich unwiderrufliche Freude der Armut: denn so lag vielleicht der heilige Franz, aufgezehrt, und war genossen worden, und die ganze Welt war ein Wohlgeschmack seines Wesens. Er aber hatte sich nicht rein geschält, hatte sich aus sich herausgerissen und Stücke Schale mit fortgegeben, oft auch sich, (wie Kinder vor Puppen tun), an einen eingebildeten Mund gehalten und geschmatzt dabei, und der Bissen war liegen geblieben. So sah er jetzt dem Abfall gleich und war im Weg, – soviel Süsse auch in ihm gewesen sein mochte.

Im Leben ist der Tod, und es erstaunt mich, daß man den Tod ignoriert: den Tod, dessen erbarmungslose Gegenwart uns durch jede Veränderung, die wir überleben, bewiesen wird, weil wir lernen müssen, langsam zu sterben. Man muß lernen, zu sterben: da ist das ganze Leben. Von ferne das Meisterwerk eines stolzen und großartigen Todes vorzubereiten, ein Tod, in dem der Zufall keine Rolle spielt, ein gut gearbeiteter Tod, recht glücklich, erfreut wie die Heiligen wußten, ihn zu gestalten, einen lang gereiften Tod der sogar seinen verhaßten Namen auswetzt, dies wäre nichts weniger als eine Geste, die dem unbekannten Universum bekannte Gesetze zurückgibt, die aus einem intensiv ausgeführten Leben gerettet wurden. Es ist diese Idee des Todes, die sich in mir schmerzhaft in einer Reihe von Erfahrungen seit meiner Kindheit entwickelt hat. Sie verpflichtet mich nun, bescheiden den kleinen Tod zu erdulden, so daß ich für das würdig werde, für das wir groß sein müssen.

Der Tod ist die uns abgekehrte, von uns unbeschienene *Seite des Lebens*: wir müssen versuchen, das größeste Bewusstsein unseres Daseins zu leisten, das in *beiden unabgegrenzten* Bereichen zu Hause ist, *aus beiden unerschöpflich genährt* ... die wahre Lebensgestalt reicht durch *beide* Gebiete, das Blut des größesten Kreislaufs treibt durch beide: *es gibt weder ein Diesseits noch Jenseits, sondern die große Einheit*, in der die uns übertreffenden Wesen, die ›Engel‹, zu Hause sind.

Nie ist der Tod, gerade der empfundenste, als Lebenshindernis einem überlebenden Wesen auferlegt geblieben, denn seine innerste Wesenheit ist uns nicht konträr, ist, wie man manchmal erraten möchte, lebenswissender als wir in unseren vitalsten Momenten. Ich meine immer, es hat ein solches Gewicht mit seinem ungeheuren Druck irgendwie die Aufgabe, uns einer tieferen innigeren Schicht des Lebens einzudrängen, damit wir dann aus ihr umso fruchtbarer emporwachsen; sehr früh haben die Umstände mir diese Erfahrung eingeübt und sie hat sich mir von Schmerz zu Schmerz bestätigt: das Hiesige ist uns nun einmal gegeben und zugemutet und wir müssen alles, was uns widerfährt, in eine neue Vertraulichkeit und Befreundung mit ihm umzuwandeln suchen, denn wohin sollten wir uns abwenden mit Sinnen, die doch für seine Erfassung und Bewältigung vorzüglich eingerichtet sind, – und wie dürften wir uns der Pflicht entziehen, das uns von Gott Zugetraute zu bewundern, – worin doch sicher alle Vorbereitung enthalten ist für jede künftige und ewige Bewunderung!

Die tiefsten Erfahrungen meines Lebens treffen darin überein, daß sie mich dazu bewegen, den Tod als einen anderen Teil dieser Flugbahn zu akzeptieren, deren schwindelerregender Kurve wir folgen, ohne auch nur einen Moment innehalten zu können. Ich fühle mich immer mehr dazu bewogen, aus meiner vorläufigen Position mit All dem übereinzustimmen, wo sich Tod und Leben durchdringen und ständig verwechseln. Mein Engel des Jasagens wendet eine strahlende Figur gegen den Tod. Obgleich das Leben so viel mehr benötigt, ist es besonders der *Tod,* auf dem die bösen Verdächtigungen lasten, daß ich ihn gerne rehabilitieren würde, indem ich ihm diesen zentralen Ort zuweise, den er niemals verlassen hat, aber von dem man die Augen abgewandt hat. Es scheint mir meine Aufgabe, zu zeigen, daß der Tod einer der Reichtümer in all dem wundervollen Ganzen ist, von dem das Leben vielleicht nur der kleinste Teil ist, obgleich es selbst schon so reich ist, daß es alle unsere Mittel und alle unsere Maßstäbe übertrifft. Damit wir so gänzlich in die Veränderung einstimmen, brauchen wir als Grundlage beständige und andauernde Ereignisse –. Ich kann ebenso bestätigen, daß ich mich so »einig in Geist und Körper« fühle, und daß, sobald ich unendlich mit diesen notwendigen Veränderungen und all den Abschieden übereinstimme, die der größere Rhythmus uns auferlegt, der Nebel all dieser Veränderungen sich lichtet, dank unserer Flamme, die dort hindurchgeht, ohne jemals zu verlöschen.

Trost

Nun bin ich, liebe Lou, in meinem kleinen Gartenhaus, und es ist nach vieler Unruhe die erste stille Stunde darin; nun hat alles in dem schlichten Raum seine Stelle, wohnt und lebt und läßt sich Tag und Nacht geschehen; und draußen, wo so viel Regen war, ist ein Frühlingsnachmittag, sind die Stunden irgendeines Frühlings, der vielleicht morgen nicht mehr sein wird, der aber jetzt ist wie von Ewigkeit her: so sehr im Gleichgewichte ist der leichte schlanke Wind, dem sich die Blätter nachbewegen, des Lorbeers glänzende Blätter und die unscheinbaren Blätterbündel in den Steineichenbüschen, so getrost sind die kleinen rötlichen Knospen an den kaum leer gewordenen Bäumen, und so groß ist der Duft, der aufsteht aus dem lichtgraugrünen Narzissenfeld in meinem stillen Gartental, das ein alter Brückenbogen nachdenklich überspannt. Ich habe von meinem flachen Dach die schweren Reste des Regens gefegt und welke Eichenblätter zur Seite geräumt, und das hat mich warm gemacht, und nun, nach der kleinen wirklichen Arbeit, klingt mir das Blut wie in einem Baum. Und mir ist, zum allerersten Mal seit langer Zeit, ein ganz klein wenig frei und festlich zumut und so, als ob Du bei mir eintreten könntest ... Auch dieses glückliche Gefühl wird wieder vorübergehen, und wer weiß, ob nicht, hinter den fernen Bergen, eine Regennacht sich vorbereitet, die mein Dach wieder überschwemmt, und ein zerrender Wind, der meine Wege wieder mit Wolken füllt.

Dies scheint mir immer noch das Wunderbarste des Lebens, daß oft das Plumpe und Grobe irgend eines Eingriffs, daß eine offenkundige Verstörung zum Anlaß werden kann, eine neue Ordnung in uns anzulegen. Dies ist ja die vorzüglichste Leistung der Lebenskraft, daß sie sich das Böse in Gutes auslegt und recht eigentlich umkehrt: Ohne diese Zauberei wären wir alle böse, denn Böses kommt an jeden heran und in jeden hinein, und man könnte jeden in einem Moment überraschen, da er »schlecht« wäre; nur daß man nicht stehen bleibe, *das* ist das Geheimnis, daß man *lebe*, – nichts ist unhaltbarer als das Schlechte, darum dürfte kein Mensch je denken, daß er es »sei«, er rühre sich: schon ist er es nicht mehr.

»Wer widerruft Jubel?« schrieb ich einmal in einem vergessenen Gedicht. In der That: Jubel ist nicht widerrufbar. Ein Herz, das einmal instand gesetzt wurde, jene Intensität zu erfahren, die die innerste des Lebens ist – nicht allein des sogenannt hiesigen, sondern wahrscheinlich alles Seins überhaupt, – ein solches Herz muß sich für erfüllt und bevorzugt halten, auch wenn derjenige sich abkehrt, der berechtigt wäre, die Beweise dieser Intensität zu empfangen (und der selber Unendliches verliert dadurch, daß er, aus irgend einem Grunde, gehindert ist, sie immer wieder herauszufordern). In der Sprache des Tages gesprochen, wird ein solches Herz vielleicht »unglücklich« zu nennen sein und wird doch, überall wo es theilnimmt, unwillkürlich, eine Wirkung thun, die seinem eigentlichen höheren Zustande entspricht, unter den es nicht mehr zurückfallen kann.

Unter Einsamen, doch keiner, ob er nicht in seiner Not dem anderen doch noch tröstlich sei, ob nicht die Gebärden seiner eigensten Ratlosigkeit zeichengebend und winkend in den Raum des Unabsehlichen hineinwirken.

Es stimmt, daß manchmal selbst das Glück als Vorwand dienen kann, um uns in das einzuweihen, was uns seiner Natur her übersteigt. Doch ist es dort dann sehr viel einfacher, sogleich zu verstehen, wenn uns etwas Gutes geschieht, selbst wenn die Schwierigkeit, dies *einzusetzen*, dieses Gut, das wir inmitten des Glücks erhalten, nicht weniger ist, als dies, zu erraten, was positiv am Grund dieses Fehlens ist, das uns der Schmerz auferlegt. [...] Wir müssen sehr viel entschlossener in dieses Gebiet vordringen. Besonders sollten wir den alten und geerbten Verdacht zerstören, der uns vom besten Teil unserer eigenen Kräfte trennt, die wir mißtrauisch begutachten und uns dadurch fremd werden lassen, da sie uns andere Mittel der Beständigkeit bieten oder auferlegen – das hängt davon ab – als die, die wir mit unserer Persönlichkeit verträglich glauben. Gesegneter Augenblick des inneren Lebens, wenn man sich entweder entscheidet oder darauf einläßt, von nun an mit all seiner Kraft und unablässig *das* zu lieben, was man am meisten fürchtet, das was – nach unseren eigenen Maßstäben – uns *zu sehr* hat leiden lassen.

Nicht an die Dinge *mehr* Bedeutung geben, als sie sich selber nehmen; das Leid nicht von außen sehen, es nicht abschätzen und groß nennen: das »große Leid«, Sie wissen ja nicht, ob Ihr Herz nicht mit ihm gewachsen ist, ob diese große Müdigkeit nicht das Wachstum des Herzens ist, Geduld, Geduld und nicht urteilen im Leiden, nie urteilen, solang es über einem ist, man hat kein Maß dafür, man vergleicht und übertreibt.

Denn was, am Ende, wäre mir unbrauchbarer, als ein getröstetes Leben?

Man weiß nie, wie weit das Kleine, Kleinliche tröstend und bestärkend ins Große hinüberwirkt.

Es giebt für so ständig ins Leid Eingelassene nur die *eine* Befreiung: das Leiden selbst in den eigenen Blick hineinzuheben, es zu einem Gehülfen des Schauens zu machen.

Wie sehr wünsche ich, daß Ihre Sorgen sich legen mögen und daß Sie einigermaßen gefestigt daraus hervorgehen; denn wirklich, um zu leben, müssen wir glauben, daß jedes Übel eine reine Wohltat birgt, die wir, blind, zurückgestoßen hätten, wenn sie uns angeboten worden wäre ohne diese schmerzhafte Verkleidung.

In der rechten Hülfe, das haben Sie mich wunderbar erfahren lassen, Nike, giebt es nichts Kleines und nichts Grösseres; *alles wird gleich groß in ihr*: das Vorhandensein des rechten Bindfadens, eines Aufklebeschildes im Moment des Bedarfs ist nicht geringer, nicht minder ruhe- und friedenstiftend, nicht kraftsparender im innersten Grunde, als ich weiß nicht welcher enorme Beistand, als eben Berg selbst z. B. das Sie gefunden und ermöglicht haben! Da giebt es keine Unterschiede. Die meisten Menschen, selbst liebevolle, sind nach einem Hülfsakt zunächst erschöpft, es muß erst wieder Hülfsfähigkeit in ihnen nachwachsen: und dann, in der Hauptsache, vieles scheint ihnen zu geringfügig, um geleistet zu sein. Sie wissen nicht oder bedenken nicht, daß, was unsere innere Waage am meisten verwirrt, die minimalen Belastungen sind, die man immerfort mit den kleinsten Gewichten aufzuwiegen hat, die einem zwischen den Fingern wegrollen und nicht groß genug sind, die Dezimalzahl der Grammbruchtheile auf sich zu enthalten. Oh vous avez si bien compris, Chère, d'être juste, wie haben Sie an meiner Waage gestanden, bald ein Riesiges bald ein Winziges *mit demselben Griff* abwägend und forthebend, und die Zunge wieder einstellend in die reine Mitte, damit ich mir auf den reinen Schaalen über die wirkliche Schwere meines Wesens deutlich werden sollte.

Wie wenn man einen kleinen Vogel findet, der durstig ist. Man nimmt ihn fort vom Rande des Todes, und das kleine Herz schlägt wachsend an die warme zitternde Hand wie die äußerste Welle eines Riesenmeeres, dessen Strand du bist. Und du weißt plötzlich, mit diesem kleinen Tier, das sich erholt, erholt sich das Leben vom Tode. Und du hältst es empor. Geschlechter von Vögeln und alle Wälder, über welche sie ziehen, und alle Himmel, zu denen sie steigen werden. Und ist das alles so leicht? Nein: du bist sehr stark, Schwerstes zu tragen, in solcher Stunde.

Lieber Gott, wozu, wozu –, was ist Leben und Tod ungeheuer, wenn man nicht beides immerfort in Einem sieht und fast nicht unterscheidet. Aber das ist ja eben Sache der Engel, das zu thun, nicht unsere, oder doch unsrig nur ausnahmweise, für langsam erschmerzte Augenblicke.

Schließlich, – wir wissen es – besteht die kleine Weisheit des Lebens im Abwarten, (aber Abwarten in der rechten reinen Verfassung) und die große Gnade, die dafür ab und zu verliehen wird: im Überstehen.

Daß das Leben jedem späteren Armwerden mit den seine Maße übertrefflichsten Reichtümern schon längst zuvorgekommen sei. – Was also bliebe zu fürchten? – Nur, daß man dies vergäße! Aber um uns, in uns, *wie*viel Hülfen zur Erinnerung!

Es ist fast von der Bedeutung einer Religion, dieses Einsehen: daß man, sobald man einmal die Melodie des Hintergrundes gefunden hat, nicht mehr ratlos ist in seinen Worten und dunkel in seinen Entschlüssen. Es ist eine sorglose Sicherheit in der einfachen Überzeugung, Teil einer Melodie zu sein, also einen bestimmten Raum zu Recht zu besitzen und eine bestimmte Pflicht an einem breiten Werke zu haben, in dem der Geringste ebensoviel wertet wie der Größte. Nicht überzählig zu sein, ist die erste Bedingung der bewussten und ruhigen Entfaltung.

Die Erfahrung des unerwartet Erfüllten

Denn der Erfahrung des Vereitelten steht doch wohl die des unerwartet Erfüllten gegenüber.

Es ist wohl immer, sagt sich unsereiner, alles Elend da und alle Not bis zur äußersten. Es ist immer die ganze Not in Gebrauch unter den Menschen, soviel da ist, eine Konstante, wie es auch eine Glückskonstante gibt; nur die Verteilungen wechseln.

Das viele Schweigen ist wie Raum zwischen uns, aber nicht wie Zeit : es trennt uns nicht ab, es bestimmt nur die Maße unserer Gemeinsamkeit und macht sie sehr weit.

Um ein Weniges nur übertreibend, möcht ich sagen, daß wir nicht *sind*; wir bilden uns fortwährend neu und anders in dem Durchkreuzungspunkt aller der Einflüsse, die in unser Daseinsgebiet hineinreichen.

Aushalten und Geduld haben, keine Hilfe erwarten als die ganz große, nahezu wunderbare, das hat mich von Kindheit auf weitergebracht; und so möcht ich auch diesmal, trotzdem das Elend etwas länger vorhält als gewöhnlich, meine Natur nicht durch äußere Stösse vorwärtsbringen, sondern, als der Letzten einer, warten, bis sie selber den entscheidenden Sprung tut: nur dann weiß ich, daß es meine eigene und echte Kraft war und nicht eine geborgte oder gar nur ein fremdes Ferment, das in die Höhe gärt, um wieder zurückzusinken unter trüben Niederschlägen.

Die Umlaufszeiten dieser kleinen Herz-Gestirne zu erfassen: ist ja doch auch Einweihung ins eigene Leben; und ob uns diese heiteren Monde auch die reinste Welt-Sonne wiederscheinen, es war doch vielleicht ihre immer abgekehrte Seite, durch die wir mit dem unendlichen Lebens-Raum dahinter in Beziehung standen.

Nichts Gutes, das einmal da ist, läßt sich unterdrücken. Es nimmt von selbst die Wirklichkeit an, wie ein Baum: es ist und blüht und trägt. Nichts ist verloren: alles gibt sich weiter.

Denn die »Ideale« vertreten heißt schließlich nur, sich in der inneren, innen gemeinten Welt nicht beirren zu lassen, wenn auch noch so fremde, ja feindselige Verwirklichungen wider einen stehen und recht haben gegen einen.

Ich sehne mich nach Menschen, durch die das Vergangene in seinen großen Linien an uns angeschlossen und auf uns bezogen bleibt; denn wie sehr wird gerade jetzt die Zukunft, je kühner und gewagter man sich sie denkt, doch auch wieder davon abhängig sein, ob sie in die Richtung der tiefsten Traditionen falle und sich aus ihnen (und nicht aus der Negation heraus) bewege und auswerfe.

Wir, diese Hiesigen und Heutigen, sind nicht einen Augenblick in der Zeitwelt befriedigt, noch in sie gebunden; wir gehen immerfort über und über zu den Früheren, zu unserer Herkunft und zu denen, die scheinbar nach uns kommen. In jener größesten ›*offenen*‹ Welt *sind* alle, man kann nicht sagen ›gleichzeitig‹, denn eben der Fortfall der Zeit bedingt, daß sie alle *sind*. Die Vergänglichkeit stürzt überall in ein tiefes Sein. Und so sind alle Gestaltungen des Hiesigen nicht nur zeitbegrenzt zu gebrauchen, sondern, soweit wirs vermögen, in jene überlegenen Bedeutungen einzustellen, an denen wir Teil haben. Aber *nicht im christlichen Sinne* (von dem ich mich immer leidenschaftlicher entferne), sondern, in einem rein irdischen, tief irdischen, selig irdischen Bewußtsein gilt es, das *hier* Geschaute und Berührte in den weiteren, den weitesten Umkreis einzuführen. Nicht in ein Jenseits, dessen Schatten die Erde verfinstert, sondern in ein Ganzes, in *das Ganze.* Die Natur, die Dinge unseres Umgangs und Gebrauchs, sind Vorläufigkeiten und Hinfälligkeiten; aber sie sind, solang wir hier sind, *unser* Besitz und unsere Freundschaft, Mitwisser unserer Not und Froheit, wie sie schon die Vertrauten unserer Vorfahren gewesen sind. So gilt es, alles Hiesige nicht nur nicht schlecht zu machen und herabzusetzen, sondern gerade, um seiner Vorläufigkeit willen, die es mit uns teilt, sollen diese Erscheinungen und Dinge von uns in einem innigsten Verstande begriffen und verwandelt werden. Verwandelt? Ja, denn unsere Aufgabe ist es, diese vorläufige, hinfällige Erde uns so tief, so leidend und leidenschaftlich einzuprägen, daß ihr Wesen in uns ›unsichtbar‹ wieder aufersteht. *Wir sind die Bienen des Unsichtbaren. Nous butinons éperdument le miel du visible, pour l'accumuler dans la grande ruche d'or de l'Invisible* [Wir tragen leidenschaftlich den Honig des Sichtbaren ein, um ihn im großen goldenen Bienenstock des Unsichtbaren anzuhäufen].

Ich glaube an das Alter

O alle diese lautlosen Verwandlungen des Lebens. Dieses nicht mehr das sein und nicht mehr jenes, während man glaubt, es zu werden. Dieses Ausströmen, leise, wie eine umgefallene Flasche, die liegt und sich ganz wohl fühlt und doch schon so wertlos ist wie eine zerschlagene. Wie die leisen Dinge einfach fortgehen, wenn wir sie mit irgendeinem Anspruch kränken; wie sie so gar keine Anhänglichkeit haben, so ganz unsentimental sind, – einfach weggehen, fortfliegen, nicht mehr gesehen werden.

Denn dieser Weise und Große weiß es, die Freude zu finden, Freund; eine Freude so namenlos wie jene, deren man sich aus der Kindheit erinnert, und doch von dem tiefsten Anlaß voll bis an den Rand; die kleinsten Dinge kommen zu ihm und tun sich ihm auf; eine Kastanie, die wir finden, ein Stein, eine Muschel im Kies, alles spricht, als ob es in Wüsten gewesen wäre und nachgedacht und gefastet hätte. Und wir haben fast nichts zu tun als zu hören; denn die Arbeit selbst kommt aus diesem Hören, man muß sie herausheben mit beiden Armen, denn sie ist schwer. Meine Kräfte versagen oft, aber Rodin hebt alles und hebt es über sich hinaus und stellt es in den Raum. Und das ist ein namenloses

Beispiel. Ich glaube an das Alter, lieber Freund. Arbeiten und Altwerden, das ist es, was das Leben von uns erwartet. Und dann eines Tages *alt sein* und noch lange nicht alles verstehen, nein, aber anfangen, aber lieben, aber ahnen, aber zusammenhängen mit Fernem und Unsagbarem, bis in die Sterne hinein. Ich sage mir: wie gut, wie köstlich muß das Leben sein, wenn ich diesen alten Mann so groß davon sprechen, so rauschend davon schweigen höre.

Wir wissen ja oft nicht, die wir im Schweren sind, bis über die Kniee, bis an die Brust, bis ans Kinn. Aber sind wir denn im Leichten froh, sind wir nicht fast verlegen im Leichten? Unser Herz ist tief, aber wenn wir nicht hineingedrückt werden, gehen wir nie bis auf den Grund. Und doch, man muß auf dem Grund gewesen sein. Darum handelt sichs.

Jungen Menschen möchte ich immer nur dieses eine sagen (es ist fast das einzige, was ich bis jetzt sicher weiß) – daß wir uns immer an das *Schwere* halten müssen; das ist unser Teil. Wir müssen so tief ins Leben hinein gehen, daß es auf uns liegt und *Last* ist: nicht Lust soll um uns sein, sondern Leben.

Eingefügt sein: das ist unsere Erfüllung: mit unserer Einsamkeit eingebracht sein ins Gemeinsame.

Ja und wissen wir nicht auch, gute Freundin, daß die Fähigkeiten eines Lebens nur innerhalb seiner selbst sich prüfen lassen, so daß jedes Aus-sich-selber-zurückgeworfen-sein ein Natürliches sein muß, ein Nöthiges?, – irgendwo überflüssig werden heißt nur sich selber nöthig haben: wenn von Ihnen irgendwie ein Ende verlangt wird, so heißt das doch auch den Auftrag zu einem neuen Anfang bekommen, der ist immer möglich, welcher Mensch sollte den ablehnen?

Aller Zwiespalt und Irrtum kommt davon her, daß die Menschen das Gemeinsame *in* sich, statt in den Dingen *hinter* sich, im Licht, in der Landschaft im Beginn und im Tode, suchen. Sie verlieren dadurch sich selbst und gewinnen nichts dafür.

Wie herrlich ist es Altzuwerden, wenn man am Leben recht als Handwerker gebaut hat; da giebt es keine Erinnerungen, die nicht Ding geworden sind, nichts was vergangen ist: alles steht da, wirklich, vor einer hinreißenden Wirklichkeit, steht da und *ist* und ist anerkannt und aufgenommen von allem Großen, mit dem Vergangensten verwandt und mit Zukunft befruchtet.

Und man hat niemand und nichts und fährt in der Welt herum mit einem Koffer und mit einer Bücherkiste und eigentlich ohne Neugierde. Was für ein Leben ist das eigentlich: ohne Haus, ohne ererbte Dinge, ohne Hunde. Hätte man doch wenigstens seine Erinnerungen. Aber wer hat die? Wäre die Kindheit da, sie ist wie vergraben. Vielleicht muß man alt sein, um an das alles heranreichen zu können. Ich denke es mir gut, alt zu sein.

Die Zustimmung zum Dasein

Jenes ›Schwer-nehmen‹ des Lebens, von dem meine Bücher erfüllt sind –, ist ja keine Schwermütigkeit, Lieber (und dieses ›furchtbar‹ und jenes ›tröstlich‹, zu dem Sie sich, mir so ergreifend, bekannt haben, wird in diesen Büchern immer näher zusammenrücken, bis es schließlich *Eines* sein wird in ihnen, ihr einziger wesentlicher Inhalt) – jenes Schwernehmen will ja nichts sein, nicht wahr?, als ein Nehmen nach dem wahren Gewicht, also ein Wahrnehmen; ein Versuch, die Dinge mit dem Karat des Herzens zu wägen, statt mit Verdacht, Glück oder Zufall. Keine Absage, nicht wahr?! *keine Absage;* oh, im Gegenteil, wieviel unendliche Zustimmung und immer noch Zustimmung zum Da-Sein!

Denn die Not, in der die Menschheit täglich lebt seit Anbeginn, ist ja eigentlich durch keine Umstände zu steigern. Wohl aber sind Steigerungen der Einsicht da in des Menschseins unsägliche Not und vielleicht führt das alles dazu; soviel Untergang – als suchten neue Aufgänge Abstand und Raum für den Ablauf.

Denn so voll von Immer-Nächstem, wie die Welt außen und innen ist, giebt es keinerlei Nachholen.

Verpflichtet uns unser Dasein als Menschen nicht dazu, mit all dem jubelnd übereinzustimmen, was sich verändert? Und ist diese arrogante Veränderung letztlich wirklich so wichtig? In dieser Welt, die auf ihre Geschwindigkeit und ihre Wandelbarkeit stolz ist, haben die ersten Werte, selbst wenn sie schlecht genutzt wurden, weder ihre Größe noch ihre Gefahr eingebüßt. Die wenigen Konstanten, an denen wir uns orientieren, sind erhalten geblieben. Neben ihnen scheinen die tausend Abweichungen recht bedeutungslos. Wir sollten eine Welt entwerfen, die sich immer im Klaren über diese Erscheinungen ist, die nicht nur widersprüchlich sind, sondern nur locker zusammenhängen.

Die Tradition – ich meine nicht die oberflächlich-konventionelle –, das wirklich Herkünftige (wenn schon nicht um uns, wo die Verhältnisse es mehr und mehr abschnüren, so doch in uns) zu erhalten und klug oder blindlings, je nach der Anlage, fortzusetzen, möchte unsere (die wir nun einmal die den Übergängen Aufgeopferten bleiben werden) entscheidendste Aufgabe sein.

Wenn der Mensch doch aufhörte, sich auf die Grausamkeit in der Natur zu berufen, um seine eigene zu entschuldigen! Er vergißt, wie unendlich schuldlos auch noch das Fürchterlichste in der Natur geschieht, sie sieht ihm nicht zu, sie hat keine Distanz dazu, – sie *ist* im Entsetzlichsten ganz, auch ihre Fruchtbarkeit ist darin, ihre Großmut –; es [ist], wenn man so sagen soll, auch nichts anderes als ein Ausdruck ihrer Fülle. Ihr Bewußtsein besteht in ihrer Vollzähligkeit, weil sie *alles* enthält, enthält sie auch das Grausame, – der Mensch aber, der nie imstande sein wird, alles zu umfassen, ist nie sicher, wo er das Furchtbare wählt, sagen wir den Mord –, auch schon das Gegenteil dieses Abgrundes zu enthalten, und so richtet ihn im selben Augenblick seine Wahl, da sie ihn zu einer Ausnahme macht, zu einem vereinzelten, vereinseitigten Wesen, welches ans Ganze nicht mehr angeschlossen ist. Der gute, der rein entschlossene, der fähige Mensch würde das Böse, das Verhängnis, das Leid, das Unheil, den Tod nicht aus den gegenseitigen Verhältnissen ausschließen können, aber wo ihn eines davon träfe oder er zur Ursache dessen würde, da stünde er nicht anders da als ein Heimgesuchter in der Natur, oder heimsuchend wider seinen Willen, wäre er wie der verheerende Bach, der anschwillt durch irgendwelche herabstürzenden Tauwässer, deren Einmündung in ihn er sich nicht zu verschliessen vermag.

Es muß dies eine von jenen Tagesfrühen gewesen sein, wie es solche im Juli giebt, neue, ausgeruhte Stunden, in denen überall etwas frohes Unüberlegtes geschieht. Aus Millionen kleinen ununterdrückbaren Bewegungen setzt sich ein Mosaik überzeugtesten Daseins zusammen; die Dinge schwingen ineinander hinüber und hinaus in die Luft, und ihre Kühle macht den Schatten klar und die Sonne zu einem leichten, geistigen Schein. Da giebt es im Garten keine Hauptsache; alles ist überall, und man müßte in allem sein, um nichts zu versäumen.

Aber wie gut ist das Leben. Wie gerecht, wie unbestechlich, wie nicht zu betrügen: auch durch Kraft nicht, auch durch Willen nicht, nicht einmal durch Mut. Wie bleibt alles, was es ist, und hat nur diese Wahl: sich zu erfüllen oder sich zu übertreiben.

Und da bekenne ich denn, liebe Gräfin, daß ich das Leben für ein Ding von der unantastbarsten Köstlichkeit halte, und daß die Verknotung so vieler Verhängnisse und Entsetzlichkeiten, die Preisgebung so zahlloser Schicksale, alles, was uns diese letzten Jahre zu einem immer noch zunehmenden Schrecken unüberwindlich angewachsen ist: mich nicht irre machen kann an der Fülle und Güte und Zugeneigtheit des Daseins. Es hätte keinen Sinn, Ihnen mit Wünschen nahe zu kommen, wenn nicht *vor* allem Wunsch diese Überzeugung stünde, daß die Güter des Lebens rein und unverdorben und im Tiefsten begehrenswert aus Umsturz und Untergang hervorgehen.

Sei es das Singen einer Lampe oder die Stimme des Sturms, sei es das Atmen des Abends oder das Stöhnen des Meeres, das dich umgiebt – immer wacht hinter dir eine breite Melodie, aus tausend Stimmen gewoben, in der nur da und dort dein Solo Raum hat. Zu wissen, *wann Du einzufallen hast*, das ist das Geheimnis deiner Einsamkeit: wie es die Kunst des wahren Verkehres ist: aus den hohen Worten sich fallen lassen in die eine gemeinsame Melodie.

Glauben Sie nicht daran, daß alles Starke und Schöne »häßlich und gewöhnlich« ende, wie Sie in diesem Moment der inneren Bestürztheit sich ausdrücken –, es kann nicht so enden, denn es endet nämlich überhaupt nicht, wenn es ein Starkes und Schönes war –, es wirkt in unaufhörlichen Verwandlungen weiter, – nur, diese Verwandlungen gehen oft so sehr über unser Fassen und Ertragen hinaus: oft wenn ein Ereignis uns erfriert, oder sonst irgendwie gewaltsam sich entblättert und entblüthet vor unsern Augen, graben wir entsetzt die Erde um es auf und erschrecken vor der Häßlichkeit seines Wurzelstocks, um den herum das lebt, was wir für Vergängnis halten: wir sind so wenig imstande, gegen alle Erscheinungen gerecht zu sein, und nennen leicht, wie in einer gehäßigen und rächerischen Wendung wider uns selbst, häßlich, was nur eben der gerade verfolgten Schönheitsreihe nicht einzuordnen ist. Es handelt sich da meistens nur um eine – oft allerdings beinah unerträgliche – Verschiebung unserer Aufmerksamkeit; die Erscheinungsgruppen des Lebens sind für unsere Aufnehmung noch entsetzlich unverbunden und unvereinlich, – gehen Sie durch den Wald an einem Frühlingstag, – es genügt ein kleines Abgleiten des Blicks in eine andere Daseinskategorie der Natur, schon sind wir statt beim Leben bei der Zerstörung und Auflösung, statt bei der Freude, bei der Verlassenheit, statt schwingend – erstarrt, ja wie ausgewiesen aus aller Einsicht und Neigung und Theilnehmung. Aber was will das gegen den Frühling sagen? Was wider den Wald? Was wider uns? Was endlich wider die Möglichkeiten uns doch zueinander zu beziehen und einander zu erkennen! – Wo solche Umschaltungen des Attentiven im Gemüth geschehen, in der Innenwelt, sind sie natürlich noch um so vieles angreifender und erschütternder –, aber man wird sie nur dann »häßlich und gewöhnlich« nennen, wenn man in ihnen nur die Konvention einer Ernüchterung oder Enttäuschung sieht, statt der Aufgabe, eine doch in sich jedesmal besondere, einzige und unvergleichliche Verwandlung in ihrer eigenthümlichen Realität aufzufassen.

Abschied

Ich sage Ihnen nicht Lebewohl. Ich fühle mich Ihnen dankbar nah, und es tut mir wohl, nicht Abschied genommen zu haben ... Abschiede sind eine Last im Gefühl. Die Ferne bleibt betont hinter ihnen, wirkt und wächst und wird mächtig über allen Gemeinsamkeiten, die auch Weitgetrennten unwillkürlich sein *müßten.*

Wir waren schließlich völlig ohne Kontakt, und unsere gegenseitigen Freundschaftsbezeugungen waren zu bloßen Umgangsformen geworden und wurden mit ein paar Griffen bedient wie eine Maschine. Auf dem kleinen Bahnhof von Fontainebleau-Avon, von dem unsere Züge nach verschiedenen Richtungen zu fast gleicher Zeit abgingen, erhob sich dieser Zustand von selbst zum Symbol und verlor so, wirklich geworden, sein Drückendes: ganz wie in einer Dichtung eine Situation, in ein Gleichnis aufgenommen, das Momentane, Peinliche und Haltlose verliert und voll Deutsamkeit wird und innerer Gültigkeit, im Augenblicke, wo sie in ein Bild ganz restlos eingeht, so bereitete uns (oder mir: denn E. K. [Ellen Key], gewohnt und geübt, alles Vorhandene durch das in ihr längst fertige »Ideal« des Vorhandenen zu ersetzen, mochte von alledem kaum etwas gemerkt haben –) das Leben die gültige Genugtuung, uns von dem Unausgesprochenen unserer Lage durch einen kompletten Ausdruck derselben zu erleichtern. Denk, man kann es nicht besser machen: zwei Menschen auf zwei gegenüberliegenden Bahnsteigen, durch ein Schienenpaar getrennt, auf welchem in einer Weile entgegengesetzte Züge einfahren werden, den einen nach dahin, den andern nach dorthin fortzunehmen. Mein Bahnsteig eben ein Bahnsteig, mit Menschen, Ungeduld, Abreise: nichts, um zu bleiben. Der Ellens fast übertrieben friedlich: ganz in der Sonne, mit Rosenbeeten, netten Bänken und einer gewissen eingebildeten Glücklichkeit: wie eine Ansiedlung. Und nun noch diese gesetzlich festgestellte Unüberschreitbarkeit zwischen uns –: so daß wirklich nichts ausgelassen oder vergessen worden war. Und nun, da das Leben so wörtlich alles auf sich genommen hatte, Zug für Zug, vor dieser überlegenen und so fein mit allen vorhandenen Mitteln entwickelten Aufklärung, wurde es mir nicht schwer, dann und wann (die Züge bleiben um ein kleines zu lange aus) freundlich und offen hinüberzusehen und das treue und gerührte Schauen, das mich von drüben umgab, warm zu erwidern. Mit wirklicher Wärme im Blick.

Ach, uns kann nur fortgehen, wen wir nie besassen. Und wir können nicht einmal das betrauern: den und jenen nie recht besessen zu haben: wir hätten weder Zeit noch Kraft noch Gerechtigkeit dazu; denn die momentanste Erfahrung eines wirklichen Besitzes (oder einer Gemeinsamkeit, die ja nur doppelter Besitz ist) wirft uns schon mit solcher Wucht in uns selbst zurück, gibt uns dort so viel zu tun, verlangt so viel einsamste Entwicklung von uns: daß sie ausreichte, uns für immer einzeln zu beschäftigen.

Ja: je mehr einer hier erkannt hat, desto mehr Abschiede wird er, das Leben entlang, haben leisten müssen; aber mir ist so zu Muth, als ob diese Abschiede alle in einer offenen Welt wieder Bejahungen wären und dort anders hießen.

Was wir nun alle am dringendsten haben: daß die Vergänglichkeit nicht Trennung ist, denn wir haben sie, vergehend wie wir sind, gemeinsam mit den uns Vergangenen –, und sie und wir sind zugleich einig in einem *Sein*, in dem ebensowenig Trennung denkbar ist. Verstünden wir denn sonst solche Gedichte, wenn sie nur die Aussprache eines künftig Toten gewesen wären? Reden sie in uns denn ausser dem Hiesigen nicht fortwährend ein Uneingeschränktes und Unerkennbares an? Ja, ich meine, es kann der Geist an keiner Stelle sich so klein machen, daß er nur unser Zeitliches und Jetziges betrâfe: wo er uns anbraust, da sind wir Tote und Lebendige in Einem.

Auch das Gewesene ist noch ein Seiendes in der Fülle des Geschehens, wenn man es nicht nach seinem Inhalte erfaßt, sondern durch seine Intensität, und wir sind als Mitglieder einer Welt, die Bewegung um Bewegung, Kraft um Kraft hervorbringend, unaufhaltsam in weniger und weniger Sichtbares hinzustürzen scheint, auf jene überlegene Sichtbarkeit des Vergangenen angewiesen, wollen wir uns, im Gleichnis, die nun verhaltene Pracht vorstellen, von der wir ja auch heute noch umgeben sind.

Das Schwere

Wie doch jeder Kreatur gewißermassen nur *jenes* Schwere widerfährt, das auf der Ebene ihrer Kräfte liegt, wenn auch diese dann oft bei Weitem übersteigend.

Wir aber, die wir in dem unfaßlichen Durchschnittspunkt so vieler verschiedener und einander widersprechenden Umwelten stehen, kommen in die Lage, plötzlich von einem Schweren überfallen zu sein, das mit unserem Können und seiner Übung in keiner Weise zusammenhängt: einem *fremden* Schweren.

(Wenn wäre dem Schwan eine der Prüfungen des Löwen zugemuthet? Wie geriethe ein Stück Fischschicksal in die Fassung der Fledermaus –, oder der Schrecken eines Pferds an die verdauende Schlange?)

Das Schwere, wenn man es nur richtig trägt, giebt ja auch das spezifische Gewicht des Lebens an und lehrt uns die Maaß-Einheit unserer Stärke kennen, mit der wir dann fortan auch im Glücklichen und Seeligen rechnen dürfen.

Denn ich will den Herbst! Ist es nicht, als wäre er das eigentlich Schaffende, schaffender denn der Frühling, der schon gleich ist, schaffender, wenn er kommt mit seinem Willen zur Verwandlung und das viel zu fertige, viel zu befriedigte, schließlich fast bürgerliche-behagliche Bild des Sommers zerstört? Dieser große herrliche Wind, der Himmel auf Himmel baut; in sein Land möchte ich gehen und auf seinen Wegen.

Aber Geschichte ist nicht die *ganze* Menschheit, ist ein Verzeichnis der Wasserstände, der Ebben und Sturmfluthen, der Strom selber ist sie nicht, die Strömung nicht, das Strombett nicht. Dieses Aufbrausen und Zerstören, das Menschen beschäftigt, hinreißt, steigert und vernichtet, kann doch nur ein Gleichnis sein, ein Nachziehen gleichsam und Verlieren unsichtbarer Architekturen, die die wahre Welt-Gestalt unseres Daseins sind.

Aber doch, doch: wie hoffnungsvoll ist der Einzelne doch immer wieder, wie wirklich, wie gutgewillt, wie reich, – wenn man dann die wirre trübe Menge sieht, begreift mans nicht, daß er sich in ihr so, gleichsam spurlos, verliert –.

Vom Alleinsein

Das Alleinsein ist ein wahres Elixir, es treibt die Krankheit nun völlig an die Oberfläche, es muß erst schlimm, schlimmer, am Schlimmsten werden, weiter gehts in keiner Sprache –, aber dann wird es gut.

Man muß nie verzweifeln, wenn einem etwas verloren geht, ein Mensch oder eine Freude oder ein Glück; es kommt alles noch herrlicher wieder. Was abfallen *muß*, fällt ab; was zu uns gehört, bleibt bei uns, denn es geht alles nach Gesetzen vor sich, die größer als unsere Einsicht sind und mit denen wir nur scheinbar im Widerspruch stehen. Man muß in sich selber leben und an das ganze Leben denken, an alle seine Millionen Möglichkeiten, Weiten und Zukünfte, denen gegenüber es nichts Vergangenes und Verlorenes gibt.

Denn im Grunde kann keiner im Leben dem anderen helfen; das erfährt man immer wieder in jedem Konflikt und jeder Verwirrung: daß man allein ist.

Das ist nicht so schlimm, wie es auf den ersten Blick scheinen mag; es ist auch wieder das Beste im Leben, daß jeder alles in sich selbst hat: sein Schicksal, seine Zukunft, seine ganze Weite und Welt. Nun gibt es freilich Momente, wo es schwer ist, in sich zu sein und innerhalb des eigenen Ichs auszuhalten; es geschieht, daß man gerade in den Augenblicken, da man fester und – fast müßte man sagen – eigensinniger denn je an sich festhalten sollte, sich an etwas Äußeres anschließt, während wichtiger Ereignisse den eigenen Mittelpunkt aus sich heraus in Fremdes, in einen anderen Menschen verlegt. Das ist gegen die allereinfachsten Gesetze des Gleichgewichts, und es kann nur Schweres dabei herauskommen.

Und gerade die Einsamsten haben den größten Anteil an der Gemeinsamkeit. Ich sagte früher, daß der eine mehr, der andere weniger von der breiten Lebensmelodie vernimmt; dem entsprechend fällt ihm auch eine kleinere oder geringere Pflicht in dem großen Orchester zu. Derjenige, welcher die ganze Melodie vernähme, wäre der Einsamste und Gemeinsamste zugleich. Denn er würde hören, was Keiner hört, und doch nur weil er in seiner *Vollendung* begreift, was die anderen dunkel und lückenhaft erlauschen.

Ja, wie wunderlich es doch zugeht im Leben, wäre nicht irgendwo ein Stück Hochmut darin, man möchte ja gerne draußenstehen, allem gegenüber, das heißt, allem Begebnis, um nur ja nichts zu verlieren –, in der eigentlichen Lebensmitte, wo alles zusammenkommt und keinen Namen hat, bliebe man dann ja doch befestigt, vielleicht erst recht, – aber schließlich habens doch auch wieder die Namen uns angetan, die Titel, die Vorwände des Lebens, weil das Ganze zu unendlich ist und wir uns daran erholen, es eine Weile mit dem Namen einer Liebe zu nennen, so sehr es dann auch diese leidenschaftliche Einschränkung ist, die uns ins Unrecht setzt, die uns schuldig macht, die uns tötet.

Der Tod überläßt uns eine höhere Verantwortung

Was aber den Einfluß des Todes eines nahestehenden Menschen auf diejenigen betrifft, die er zurückläßt, so scheint mir schon seit langem, als dürfte das kein anderer sein als der einer höheren Verantwortung; überläßt der Hingehende nicht sein hundertfach Begonnenes denen, die ihn überdauern, als Fortzusetzendes, wenn sie einigermaßen ihm innerlich verbunden waren? Ich habe in den letzten Jahren so viel nahe Todeserfahrungen erlernen müssen, aber es ist mir keiner genommen worden, ohne daß ich nicht die Aufgaben um mich herum vermehrt gefunden hätte. Die Schwere dieses Unaufgeklärten und vielleicht Allergrößten, das nur durch ein Mißverständnis in den Ruf gekommen ist, willkürlich und grausam zu sein, drückt uns (so mein ich immer mehr) tiefer ins Leben hinein und legt uns die äußersten Verpflichtungen auf die langsam wachsenden Kräfte.

Wir wissen einfach nicht, was die Not in einem Herzen zerstört, was sie aufrichtet. Konstruktiv ist sie auf keinen Fall, höchstens das Gerüst, das mit Lappen verhängte, hinter dem sich zuweilen die endgültigen Steine ordnen und besinnen mögen. Aber dann muß man auch zugeben, daß sie im stillen abgetragen werde, wo sie nicht mehr durchaus nötig ist, statt daß man Planken und Bretter bedeutend nimmt, zusammen mit den Anschlägen und Aufrufen, die sich dort nach und nach den Platz zunutze gemacht haben. Im Recht ist nur, wer für heur und malheul die Tür offen läßt, daß jedes kommen kann, aber auch gehen, wie es muß. Das Elend an sich zu gewöhnen, ihm jeden Tag den Zucker vom Kaffee zu geben, daß es schließlich unter allen Tischen liegt und nicht wieder fortwill, heißt diesem Phantom eine Dressur beibringen, die seiner läufigen Natur zuwider ist. Man soll als Dichter selbst die détresse nicht zu seiner Geliebten machen, sondern alle Heimsuchung und Seligkeit in das Werk verlegen, und das äußere Leben muß davon geprägt sein, daß man sich weigert, sic beide anderswo durchzumachen.

Meine gute S[...], Ihr Brief geht mir sehr zu Herzen, einerseits möchte ich Sie in Ihrem Schmerz bestärken, damit Sie ihn ganz erfahren in aller seiner Fülle, denn als Erfahrung einer neuen Intensität ist er eine große *Lebens*erfahrung und führt aufs Leben wiederum zu, wie alles, was einen gewissen Grad äußerster Stärke erreicht. Andererseits ist mir bange, wenn ich mir vorstelle, wie abgeschnürt und eingeschränkt Sie jetzt leben, furchtsam, an etwas zu stoßen, was voller Erinnerung steht (und was steht nicht voller Erinnerung?). Sie werden erstarren, wenn Sie so dabei bleiben, Sie dürfen nicht, Liebe, Sie müssen sich bewegen, Sie müssen zu seinen Dingen zurück, müssen Hand an seine Dinge legen, die doch auch durch so vielfache Beziehung und Anziehung die Ihren sind, Sie müssen, S [...], (dies ist der Anfang, den dieses unbegreifliche Schicksal über Sie bringt) Sie *müssen* sein Leben *in* dem Ihren fortsetzen, soweit es unvollendet war, sein Leben ist jetzt auf das Ihre übergegangen, Sie, die ihn durchaus kannten, können durchaus in seinem Sinne weitergehen: geben Sie Ihrer Trauer diese Aufgabe, zu erforschen, was er von Ihnen erwartete, für Sie hoffte, an Sie heranwünschte. Wenn ich Sie doch überzeugen könnte, meine Freundin, daß sein Einfluß nicht aus Ihrem Dasein entgangen ist, (um wie viel sicherer fühl ich meinen Vater in mir wirksam und hülfreich, seit er nicht mehr unter uns weilt) bedenken Sie: wie vieles im täglichen Leben beirrt, trübt, macht einem die Liebe eines anderen ungenau, nun ist er erst recht da, nun hat er alle Freiheit da zu sein und wir alle Freiheit, ihn zu fühlen ... haben Sie nicht Ihren Vater tausendmal so wirken und theilnehmen fühlen aus dem Weltraum, wo alles, S [...], unverlierbar ist? Glauben Sie doch nicht, es könnte etwas, was zu unseren reinen Realitäten gehörte, fortfallen, aufhören: was da so sicher auf uns wirkte, das war ja schon eine, von allen uns hier geläufigen Umständen unabhängige Wirklichkeit; gerade darum empfanden wir sie so anders, mit so unabhängigem Bedürfnis, weil sie von vornherein schon nicht mehr aufs Hiesige angelegt und determiniert war, – alle unsere wirklichen Beziehungen, alle unsere durchgehenden Erfahrungen reichen durch das *Ganze*, Sidie, durch Leben und Tod, *wir müssen in beidem leben, in Beidem innig heimisch sein*, ich kenne Menschen, die schon mit derselben Liebe zutraulich dem einen wie dem anderen gegenüberstehen –, ist denn das Leben uns enträthselter, anvertrauter, als jener andere Zustand? Sind sie beide nicht namenlos über uns hinausgesetzt, unerreichbar beide, – wahr und rein sind wir nur in unserer Willigkeit zum Ganzen, Unentschiedenen, zum Großen, zum Größten.

Im Übrigen ist es ja unserer Trauer seltsames Vorrecht, daß sie dort, wo sie nicht durch den Widerspruch beirrt erscheint, daß wir in einzelnen Fällen ein Leben, scheinbar unvollendet, unterbrochen, abgerissen meinen –, ganz Lernen sein darf, ganz Leistung, reinste vollkommenste Besinnung. Und nirgends erweist sie sich größer in diesem eigentümlichen Uns-aufgegebensein, als wenn der Verlust des Vaters, in seinem hohen Alter, uns betrifft: welcher uns, gewissermaßen, zu einer neuen Zusammenfassung, ja zu einer ersten Selbständigkeit unserer inneren Fähigkeit verpflichtet.

Solange der Vater uns lebt, sind wir doch eine Art Relief an ihm (daher auch die Tragik der Konflikte), – erst dieser Schlag macht uns ganz zur ronde-bosse, frei, ach, freistehend auf allen Seiten … (die Mutter hat uns ja von Anfang an, die mutige, so weit sie konnte, hinausgestellt –).

»Denn Bleiben ist nirgends«

Zu den schönsten Briefen in Rainer Maria Rilkes riesiger Korrespondenz (er schrieb mehr als 15 000 Briefe in seinem Leben) gehören seine Beileidsbriefe. Dort widmet sich Rilke dem großen, fast maßlosen Schmerz, der aus dem Verlust einer geliebten Person entsteht. Er spricht mit erstaunlicher Genauigkeit die tiefsten Ängste aus, die uns den Tod so unbegreiflich machen. Rilke sucht und findet eine Sprache, die diesen Gefühlen eine Form gibt. Die Schönheit seiner Sprache ist hier kein Ästhetizismus. Statt dessen ist die Schönheit und Präzision von Rilkes Beileidsbriefen ein Zeichen der Sorgfalt und Mühe, die Rilke in jedem einzelnen Fall für den trauernden Menschen aufwandte. Jeder Satz ist so behutsam gefügt, jeder Gedanke so vorsichtig eingeführt, jede Annahme über den Gefühlszustand der Trauernden so zögernd formuliert, daß die Briefe insgesamt wie eine unendlich zarte, aber dennoch stärkende Berührung wirken. Beim Lesen spürt man eher, als daß man dies weiß oder genau belegen könnte, wie Rilke sich für diesen Brief wirklich Zeit genommen und sich gesammelt hat. Hinter den Sätzen verbirgt sich authentische Anteilnahme und die Hoffnung, durch die Ordnung der sorgfältig gewählten Worte in ruhig dahinfließende Sätze könne das durch den Verlust aufgerissene Leben der oder des Trauernden sich wenn auch nur für Momente beruhigen.

Dennoch ist nichts an Rilkes Bemerkungen zu Schmerz, Krankheit, Leid und Tod beschwichtigend. Die ungewöhnliche Stärke seiner Briefe resultiert daraus, daß Rilke diese dunklen Seiten des Lebens allesamt ernst nimmt. Bezeichnenderweise gibt es in wenigen von Rilkes Beileidsbriefen ausführliche Bemerkungen über die verstorbene Person. Da Rilke in vielen Fällen diese Person kaum oder gar nicht kannte, schreibt er lieber nichts, statt flüchtige Eindrücke aneinanderzureihen. Seine Beschreibungen unseres Seelenzustandes angesichts großen Schmerzes oder Verlusts sind darum um so genauer. Mit jedem kleinsten Wort bietet Rilke eine winzige Ruhestätte für das umgetriebene Gemüt der Trauernden. Denn Schmerz macht sprachlos.

Doch Rilke glaubt weder an Trost noch an Vergessen. Statt dessen schafft er in seinen Briefen eine Sprache, in der sich die trauernde Person in ihrem Leiden momentan ausruhen kann. Seine Briefe bemühen sich, anderen Menschen in dieser Lage der Sprachlosigkeit beizustehen. Die Passagen aus Rilkes Briefen wurden ausgewählt, die den Leser direkt ansprechen; sie erheben nicht den Anspruch, wissenschaftlichen Maßstäben zu genügen. Seine Briefe bieten die Möglichkeit von Zugehörigkeit, Linderung und Ruhe, die dem Schmerzenden fehlten.

Schmerz macht uns dumm: Wir fühlen uns selbst, können aber weder diese Tatsache zur Sprache bringen noch uns selbst im Schmerz wiederfinden. Schmerz übertönt, legt sich über alles, trübt alle Sinne bis auf den betroffenen, der uns nun unablässig peinigt. Rilke war davon überzeugt, daß sich Schmerz nicht verstehen oder »auslegen« läßt, sondern nur wirkt. Dennoch können wir uns nicht enthalten, Schmerz zu interpretieren. Wir wollen verstehen, warum etwas weh tut, und suchen nach Gründen und Ursachen. Oder wir belehnen den Schmerz mit metaphysischen Bedeutungen, als würde an uns in unserem Leid die Existenz einer Ordnung oder eines Gesetzes bewiesen, das Menschen eigentlich übersteigt. Oder als würden wir durch den Schmerz für etwas anderes in unserem Leben bestraft: als führe Gott wie ein großer Buchhalter Rechnungen von guten und schlechten Erfahrungen oder Taten im Leben, die am Ende für jeden von uns aufgehen müßten. Doch für Rilke führt uns der Schmerz immer nur zurück zur schlichten Tatsache unserer körperlichen Existenz: wir sind da und spüren uns selbst. Dies zu begreifen fällt uns schwer.

Rilkes Briefe zur Trauer und zum Schmerz finden keine größere Bedeutung im Schmerz. Sie bestreiten nie die unleugbare Dumpfheit des Schmerzes. Doch versucht Rilke, diesem unauflösbaren Element unserer Existenz eine Stelle zuzuweisen, von wo aus es weniger Schaden anrichten kann. Der Schmerz stellt uns vor eine schier unauflösbare Aufgabe. Erfüllen wir jedoch diese Aufgabe, sich uns dem Schmerz zu widmen und seine Wirkung auf unser Leben tatsächlich zu verstehen, so können wir möglicherweise spätere, indirekte Folgen dieses Schmerzes abwenden. Denn was nicht gänzlich ausgelebt wird, so meint Rilke, setzt sich auf anderen Ebenen unserer Existenz, wo es nicht hingehört oder noch mehr stört, dann durch. Und solche späteren Folgen des unausgelebten Schmerzes stehen unserem Leben im Weg. Am 26. Januar 1923 schreibt er an Margot Sizzo-Noris-Croury:

»[Es müsste] unsere tiefe schmerzhafte Neugierde werden, [einen Verlust] ganz zu erforschen, die Besonderheit, die Einzigkeit gerade *dieses* Verlustes, seine Wirkung innerhalb unseres Lebens zu erfahren, ja wir müßten die edle Habgier aufbringen, gerade um *ihn*, um seine Bedeutung und Schwere, unsere innere Welt zu bereichern. Ein solcher Verlust ist, je tiefer er uns trifft und je heftiger er uns angeht, desto mehr eine *Aufgabe*, das nun im Verlorensein hoffnungslos Betonte, neu, anders und endgültig in Besitz zu nehmen.«

Rilke mag den Schmerz nicht. Er sieht keinen Sinn im Schmerz und schreibt ihm keinerlei philosophische Bedeutung zu. Den Versuchen der Märtyrer, den Schmerz einzuladen und auszuhalten, steht Rilke skeptisch gegenüber. Doch läßt sich Schmerz im Leben nicht vermeiden. Und nur deshalb, nur weil der Schmerz ohnehin Teil des Lebens ist, nur weil sich Trennung, Verlust und Tod nicht vom Leben abtrennen lassen, nur deshalb widmet sich Rilke dem Schmerz. Weil der Schmerz schon immer Teil des Lebens ist, und weil wir besser beraten sind, uns seiner anzunehmen, da er sich sonst noch schlimmer in unserem Leben auswirkt.

Rilkes Leistung in seinen Briefen ist, diesen Mittelweg zu finden zwischen der widerwilligen Annahme des Schmerzes als eines unausweichlichen Teils des Lebens und der beherzten Offenheit, sich dieser Erfahrung zu stellen. Seine Beileidsbriefe sind so bewegend, da man spürt, wie Rilke sich selbst Mut machen mußte, um dem Tod im Leben ins Auge zu sehen. An den so überaus sorgfältig gewählten und erstaunlich genauen Formulierungen merkt man, daß der Autor sich keiner Klischees bedient, sondern um jedes Wort ringen muß. In keinem seiner Briefe redet Rilke den Schmerz schön oder schlägt vor, man solle für die schweren Erfahrungen des Lebens dankbar sein. Solche Gedanken sind Rilke fremd, da er das Leben nie als etwas begreift, das sich von innen abteilen lässt. So Rilke in einem Gedicht aus dem Jahr 1901: »es ist ein großes Wunder in der Welt:/ ich fühle: *alles Leben wird gelebt.*«

Für Rilke besteht unsere Aufgabe angesichts eines Verlusts nicht darin, uns dem Schmerz hinzugeben. Auch das ist ein Ausweichen vor ihm, da der Schmerz uns herausfordert: herausfordert zu leben, uns ihm zu widmen, im Schmerz nicht zu verschwinden, sondern zu sein. Schließlich wird Rilke diese Aufgabe so verstehen, daß uns der verstorbene Mensch seine unvollendeten Aufgaben hinterließ. In einem Brief an Elisabeth

Schenk zu Schweinsbeck vom 23. September 1908 beschönigt Rilke nicht die schier unüberwindbare Schwierigkeit, mit dem Verlust eines Menschen zurechtzukommen. Denn diese Schwierigkeit besteht auch darin, daß durch den Verlust unser Leben um so wertvoller werden sollte. Wir stehen in unserer Einsamkeit und in unserem Schmerz noch tiefer in der Verantwortung, unser Leben wirklich zu leben: wir werden von der Trauer in tiefere, innigere Schichten des Lebens eingedrängt. Daß dieses Leben einfach ist oder der Schmerz durch Aktivität zu meistern sei, stimmt für Rilke nicht. Doch sieht er keine andere Möglichkeit, als nach dem Verlust bewußter weiterzuleben:

»Die Schwere dieses Unaufgeklärten und vielleicht Allergrößten [...] drückt uns (so mein ich immer mehr) gleichmäßiger und tiefer ins Leben hinein und legt uns die äußersten Verpflichtungen auf die langsam wachsenden Kräfte.«

Zeit seines Lebens versuchte Rilke, die unheilvolle Trennung unserer selbst in ein körperliches Wesen mit einer geistigen Dimension oder in ein mit einem Körper behaftetes geistiges Wesen zu durchdenken. Als ein kränklicher Mann und ein empfindlicher Mensch empfand er diese Trennung oft als akuten Schmerz. Statt den Schmerz als Störung seines Seins zu verteufeln, widmete sich Rilke dem Schmerz und der Trauer als Gelegenheiten, eben diese Trennung genauer zu begreifen. Er machte sich keine Illusionen, diese alte Frage zu beantworten oder die Trennung gar zu überwinden. Doch fand er im Schmerz und in der Trauer eine Möglichkeit, die ganze Spannweite unseres Daseins auszuloten. Rilke verstand die Versuchung gut, den Schmerz auszulegen. Vielleicht verstand er noch besser unsere Tendenz, vor Schmerz zu fliehen und sich zu betäuben, oder die überwältigenden Gefühle von Leid und Trauer abzublokken, durch Aktivität zu überdecken, ihnen so weit wie möglich auszuweichen. Rilke erzog sich selbst zu einer Art Mut, den Schmerzen, die ihn ohnehin plagten und dem Leid und der Trauer, die im Leben unvermeidbar sind, seine Aufmerksamkeit zu schenken. Das Schwierigste war für Rilke hier die paradoxe Tatsache, daß der Schmerz uns zugleich auf unsere Existenz als körperliche Wesen reduziert, uns in unserem gegenwärtigen Dasein festnagelt, und daß dieser Schmerz uns zugleich sehr weit von uns selbst entfernt. Im Schmerz werden wir uns fremd; in der Trauer über eine verlorene Person verlieren wir uns selbst. Dort auszuhalten war für Rilke kein heroischer Akt, sondern letztlich Fügung in das Schicksal, das ihm als kränklichem und empfindsamem Menschen ohnehin auferlegt war. Entgehen konnte Rilke dem Schmerz nicht; anders als viele andere Menschen hatte er jedoch die große Gabe, dem Unausweichlichen im Leben eine Sprache zu geben.

Seine Briefe zu Trauer, Schmerz, Verlust und Tod entspringen alle dieser ernsten Einsicht, daß sich das Schlimme im Leben ohnehin nicht abwenden läßt. Doch kehrt

Rilke diese Haltung in etwas potentiell Positives, indem er an »diese[n] empfindliche[n] Stelle[n] in uns [...] die, wenn sie schmerzen, sich nicht mehr feststellen lassen«, aushält. Letztlich wollen und müssen wir über diese Stellen hinauskommen. Rilke bemüht sich, den Schmerz und die Trauer zu fühlen, ohne gegen sie abzustumpfen oder sich darin zu verlieren. Denn das sind unsere impulsiven Reaktionen auf den Schmerz: ihn abzuwehren oder zu verleugnen oder sich ihm gänzlich hinzugeben. Beide Möglichkeiten bilden den Hintergrund für jede von Rilkes Überlegungen zum Schmerz und zur Trauer.

Die Wirklichkeit unseres Lebens kann sich nicht nur durch schöne Erfahrungen offenbaren. Der Schmerz bietet Rilke das Gefühl einer Zugehörigkeit zum Ganzen, von dessen Vorhandensein er überzeugt war. Der prekärste Versuch, so das Leben als etwas Ganzes zu verstehen und zu erfahren, besteht in seinen Überlegungen zum Tod. Er will den Tod als Teil des Lebens begreifen, statt als dessen Gegenteil. Darin sind alle seine Überlegungen zum Tod ähnlich dem Anliegen, den Schmerz und die Krankheit wirklich zu durchleben, statt sich sofort davon ablenken zu lassen. Hinter allen diesen Versuchen steht jedoch kein Wunsch nach Märtyrertum. Er sieht keinen größeren Sinn im Leiden als in der Freude. Er versucht vielmehr, keiner besonderen Dimension im Leben eine alles andere übersteigende Bedeutung zuzumessen.

Rilke sieht also in Schmerz und Leiden keinen Königsweg in die Besinnung. Alle seine Überlegungen zum Verlust, zur Trennung und zum Schmerz, zu Krankheit und zum Tod wurden von einem Menschen verfaßt, der sehr schmerzempfindlich war. Was immer wir an Gewinn aus den Überlegungen zum Tod ziehen können, könnten wir auch aus der Freude oder Lust schöpfen: nirgends schreibt Rilke, daß man für die Schönheit des Lebens mit seinen häßlichen Seiten bezahlen muß. Solch eine Rechnung würde dem Schmerz ganz unabhängig von seiner Erfahrung eine Bedeutung zumessen, die er nicht hat.

Rilkes Versuch, dem Schmerz im Leben direkt ins Auge zu sehen, ist gescheitert. Rilke starb an einer zu spät diagnostizierten Leukämie, die ihm im letzten, 50. Jahr seines Lebens ungeheure Schmerzen verursachte. Zwei Dokumente dieses Leidens, beide verfaßt im Bewußtsein des drohenden Todes, enthüllten Rilkes Verzweiflung angesichts der Unmöglichkeit, dem Schmerz im Leben einen Platz zugewiesen zu haben.

An Lou Andreas-Salomé, mit welcher Rilke eine längere Liebesbeziehung als junger Mann hatte und mit der er Zeit seines Lebens eng verbunden blieb, schrieb er am 13. Dezember 1926 einen kurzen Brief. »Und jetzt, Lou, ich weiß nicht wie viel Höllen, du weißt wie ich den Schmerz, den physischen, den wirklich großen in meine Ordnungen untergebracht habe, es sei denn als Ausnahme und schon wieder Rückweg ins Freie. Und nun. Er deckt mich zu. Er löst mich ab. Tag und Nacht! Woher den Mut nehmen?«

Der Brief bezeugt Rilkes Einsicht, daß er in seinem Lebensprojekt versagt hat. Es verschlägt ihm, dem Schöpfer so vieler Metaphern für den Tod, die Sprache. Der Schmerz hatte ihm einst den Weg in einen größeren Zusammenhang weisen sollen. Wenn wir uns nicht gegen diese Erfahrung sperrten, so hatte Rilke gehofft, dann stünde uns das Dasein als Ganzes offen. Auf sich selbst zurückgeworfen von seinen Schmerzen, verliert Rilke den Mut vor den eigenen Einsichten, die ihn hatten trösten sollen.

Der Brief an Lou Andreas-Salomé ist eines der letzten und ergreifendsten Dokumente aus dem Leben eines Dichters. Es ist ein kleines Schriftstück von erschütternder Ehrlichkeit. Doch wenn Rilke in diesem Brief die eigenen, früheren Einsichten und Ordnungen allesamt verwirft, so bleibt er sich letztlich treu. Denn Rilke bewahrte sich Zeit seines Lebens die große Fähigkeit, jede neue Erfahrung anzuerkennen, selbst wenn sie allem widersprach, was er bisher erlebt hatte. Bedeutete dies, daß alle seine existierenden Einsichten neu überdacht werden mußten, so war Rilke dazu bereit. In diesem Falle nur ist es der letzte Schmerz, der kein neues Verständnis des Lebens mehr erlauben wird. Der Schmerz »deckt [Rilke] zu«, als gälte er nun nicht mehr und sei schon jetzt, in der Vorahnung seines Sterbens, von dieser grausamen Erfahrung erstickt, begraben, tot. Doch der Schmerz »löst [Rilke] ab«, indem er ihn von allen seinen früheren Einsichten abtrennt, ihn praktisch freispricht von der Verantwortung, das Leben mit seinen Schmerzen und Freuden verstanden zu haben, und stößt ihn zurück aus seinen Überlegungen und Ordnungen – zurück ins Leben. Denn dieses Leben, selbst in Rilkes letzten Wochen, war für ihn etwas, das sich nicht verstehen, sondern nur leben läßt. Der Schmerz markiert den Übergang von Verstehen und Denken in einen radikal unverstandenen Bereich des Lebens. Der Schmerz ist nicht wirklicher oder wahrer als das Leben, sondern etwas, das uns die Unergründlichkeit unserer Existenz – wenn auch auf unerträgliche Weise – zurückbringt. Der Schmerz ruft diese Unergründlichkeit und Weite unseres Daseins jedoch nicht ins Gedächtnis oder Bewußtsein zurück, sondern in unser Sein als sowohl körperliches wie auch geistiges. Damit bleibt er selbst unverständlich und letztlich nur Übergang.

Das Leben nimmt uns fortwährend von unseren Einsichten und Erklärungen – von Rilkes großem Projekt, alles zu verstehen – zurück in uns selbst, wo dann alles widerlegt und überstiegen wird. Das Leben ist das, von dem wir zugleich zugedeckt sind, weil wir nichts als leben können (selbst wenn wir noch so große »Ordnungen« und Erklärungsmuster wie Rilke geschaffen haben), und von dem wir uns immer wieder ablösen, da das Leben uns immer, in jedem Moment, dem Tod aussetzt.

In allen seinen Briefen des Beileids, des Trostes und der Linderung war es Rilkes Bemühen, daß er selbst immer nur als Mensch schrieb, der sich seiner Umstände auf dieser Erde fortwährend bewußt blieb. Dies bedeutete unter anderem, daß Rilke sich oft revidierte, bestehende Formulierungen änderte, verwarf, umschrieb und niemals an einer Einsicht als etwas Absolutem festhielt. Auf gewisse Weise war für Rilke eine völlig überzeugte Haltung von der Bedeutung und Haltbarkeit der eigenen Einsichten nicht nur selbstgefällig und lebensfremd, sondern letztendlich lebensfeindlich. Denn dieses Beharren auf dem eigenen Wissen sperrt sich gegen die Möglichkeiten des Neuen und noch Unverstandenen, das für Rilke der Inbegriff des Lebens ist. Da der Schmerz zu diesem Neuen gehört und der Tod für uns immer das Unverstandene schlechthin bleibt, markiert die Erfahrung des Schmerzes für Rilke genau die Grenze vom Schreiben zum Leben, vom Denken zum Sein.

Der kurze Brief an Andreas-Salomé erschüttert, da er von keiner weiteren Überlegung mehr fortgesetzt wird: am 29. Dezember 1926, 16 Tage später, starb Rilke im Beisein einer Krankenschwester und seiner zu diesem Zeitpunkt engsten Freundin Nanny Wunderly-Volkart. Hätte Rilke länger leben dürfen, gäbe es andere Briefe nach diesem, die wieder zur Sprache gefunden hätten.

Ein zweites Dokument aus diesem Zeitraum von Rilkes letztem Leiden ist ebenso ergreifend. In sein Notizbuch schreibt Rilke mit Bleistift ein Gedicht, das dem

Schmerz, der Rilke im Brief an Andreas-Salomé die Sprache verschlagen hat, eine Form gibt. Das Gedicht ist der Versuch, dem Tod, den er so lange in sein Bewusstsein als etwas nicht Abzuwehrendes einzulassen versuchte, keine Chance zu geben. Rilke läßt den Schmerz zu und heißt ihn willkommen als »Letzten«, den er »anerkennt«: danach wird nichts mehr akzeptiert.

Das Gedicht ist ein desperater und zugleich euphorischer Anruf an die Erfahrung des Schmerzes, der sich in Rilke auswütet. Verzweifelt will Rilke diesen Schmerz als Teil seiner Welt und nicht als deren Negation verstehen. Doch letztlich glaubte Rilke nicht, wie er am 12. April 1922 an Nanny Wunderly-Volkart schreibt, daß man Schmerz verstehen könne, genausowenig wie man das Leben in seiner Ganzheit verstehen kann:

»Deshalb ists unsere Aufgabe, den Schmerz auch nicht in unserem Bewußtsein aufzulösen; er verträgt keine Auslegung. Man muß ihn, sozusagen, auf der Stelle aufbrennen lassen, ohne irgend einen Gegenstand des Geistes oder des übrigen Lebens in seinem zuckenden Feuerschein zu betrachten. Er ist sinnvoll nur mit seiner der Natur zugekehrten Seite, auf der anderen ist er absurd, Rohmaterial, unbehauen, ohne Form und Oberfläche, unfaßlich ...«

Schmerz bedeutet für Rilke, nicht die Welt zu verlieren, sondern zu sehr in der Welt zu sein. Und dieses Zu-sehr-in-der-Weltsein ist dann ein Weg ins Freie – oder zumindest so hatte Rilke sich das zeitlebens erhofft, bis ihn der Schmerz dann kurz vorm Tode zurückholt aus diesen Gedankengängen, zu sich selbst. Das letzte Gedicht häuft die Bilder und Figuren aus Rilkes Briefen zu einem Scheiterhaufen:

»Komm du, du letzter, den ich anerkenne,
heilloser Schmerz im leiblichen Geweb:
wie ich im Geiste brannte, sieh, ich brenne
in dir; das Holz hat lange widerstrebt.«

Die Metapher des dichterischen Schaffens verschmilzt mit dem nicht mehr figürlichen, nur noch körperlichen Schmerz. Doch ist dieses Gedicht mehr als die Apotheose des Werks in einem *Autodafé*, in dem der Poet sein Geschaffenes ein letztes Mal erglühen läßt und in seinen eigenen Bildern dann verbrennt. Alle Bilder dieser Welt und weder seine Gedichte noch seine Briefe, die Rilke als Teil seines Werkes erachtete, können ihn nicht vor dem Schmerz bewahren, der durch seine sprachlichen Figuren »draußen« gehalten werden sollte. Der Schmerz bricht ein. Darauf folgen in diesem ergreifenden Abschiedsgedicht zwei Zeilen, die Rilkes ebenso grandioses wie immer wieder zerfallendes – und deshalb ebenso tröstendes und inspirierendes wie auch ernüchterndes – Vorhaben, Leben und Tod, Freude und Schmerz als gleichberechtigte Anteile des Daseins anzuerkennen, unterbrechen.

»O Leben, Leben: Draußensein.
Und ich in Lohe. Niemand, der mich kennt.«

Noch einmal heraus aus der Matratzengruft der Klinik Valmont, noch einmal atmen, Augen öffnen, leben, noch einmal erkannt werden, berührt werden, dich noch einmal sehen: ist es das, was Rilke hier beschwört? Was ist denn »Draußensein«, wenn nicht das Leben des Gesunden, für den sich, wie Rilke am 28. Juli 1901 an Alexander Benois schreibt, »die Fülle der Erfahrungen noch unzusammengefaßt und gesondert auslebt«, im Gegensatz zum Kranken, der in Schmerz und Leiden »brennt«? »Draußensein« ist auch ganz einfach die Hoffnung des erkrankten Kindes, das draußen Stimmen hört und so gerne dorthin will. Rilkes Stärke als Dichter liegt in dieser Fähigkeit, einer absolut unerträglichen Erfahrung durch ein solches, direkt mit dem Leben verbundenes und mitunter einfaches Bild Herr zu werden.

Aber: Was ist nach der Verdopplung und dem Doppelpunkt von »O Leben, Leben:« denn *außerdem* »Draußensein«, wenn nicht der Schmerz, in dem jemand »unkenntlich brennt«? Der Punkt, wo sich das Leben »auslebt«?

»O Leben Leben, wunderliche Zeit
von Widerspruch zu Widerspruche reichend
[...]
O unerklärlichste, o Lebenszeit.

Von allen großgewagten Existenzen
kann eine glühender und kühner sein?
Wir stehn und stemmen uns an unsre Grenzen
und reißen ein Unkenntliches herein,«

heißt ein Entwurf aus dem Winter 1913/1914, in dem Rilke einige der Metaphern für sein letztes Gedicht, das er dann zwölf Jahre später schreiben wird, aufschichtet. Dort nennt Rilke noch die hinderlichen »Grenzen«, jenseits deren in seinem letzten Gedicht das »Draußensein« steht.

»Draußensein« ist im letzten Gedicht Gegenteil und Ende von Leben, aber zugleich dessen Intensivierung als etwas im Leben Verborgenes: das Eindringen des »Unkenntlichen«, das im Entwurf ungesagt bleibt. »Draußensein« markiert die Erfahrung, daß unser Leben immer schon gedoppelt und gebrochen ist.

Die emphatische Einladung an den Schmerz in diesem Gedicht ist Rilkes Weigerung, den Tod anzuerkennen: zur »letzten« Instanz wird hier der Schmerz, als ob danach nichts mehr käme. »Draußensein« ist dann zugleich das »zweite, zeitlos breite Leben«, das dem Leben selbst entgegengesetzt wird, und auch der Schmerz, der nicht mehr Figur und Ende allen Lebens ist. »Draußensein« ist für Rilke zugleich das Entfliehen vor der Kontingenz des Lebens und die Kontingenz selbst. »Draußensein« heißt endlich frei sein, frei im Leben stehend, aber dadurch auch so exponiert, daß es möglicherweise nur noch schmerzt. »O Leben, Leben«: das Leben ist verdoppelt durch unsere Möglichkeit, anders zu leben, ein zweites Leben im ersten zu finden, unser Leben durch uns selber immer wieder zu erhöhen, zu vertiefen, zu unterbrechen. Rilke schreibt außerdem »Leben, Leben«, da sich das Leben durch nichts überbieten läßt, selbst nicht durch den Schmerz. Tatsächlich ist der Schmerz auch in diesem Gedicht das, was uns das Leben als etwas erfahren läßt, das wir nie beherrschen und nie unter Kontrolle haben. So schwierig diese Einsicht ist, so befreiend ist sie auch: selbst wenn wir die Illusion haben, unser Leben sei völlig unter Kontrolle, bricht das Leben über uns herein und holt uns aus diesem arroganten Glauben heraus. Wir leben unser Leben, und alles Leben wird gelebt. Der Schmerz ist Symptom dieses Umstands. Alles, was außerhalb des Lebens liegt, steht auf der anderen Seite einer Gleichung, die wir nicht auflösen können.

Einmal kann »draußen« also den Fluchtweg vor der Kontingenz der Welt ins Imaginäre, Gedichtete – in den vermeintlichen Trost der von einem Dichter entworfenen »Ordnungen« – bezeichnen. Doch die jeweilige Bedeutung des Wortes schlägt immer wieder in ihr Gegenteil um, denn Rilke verwendet »draußen« ebenso für die Erfahrung des Schmerzes und des Leidens dort »draußen« in der Welt, die nur durch unser »unbeschreibliches« und »übermäßiges« inneres Wesen aufgewogen wird:

»Draußen Welten, Welt –, wieviel, wie vieles –;
aber wer beschreibt
Glück und Übermaß des Gegenspieles,
das in uns Gesicht und Wesen treibt.

Draußen Lüfte, Grüße, Wünsche, Flüge,
Übertroffenheit, Betrug –,
aber innen blühende Genüge
und der unbeschreibliche Bezug.«

»Draußensein« bezeichnet in Rilkes Werk die sich immer wieder öffnende Distanz zu einer haltbaren, kohärenten Position, von der aus das »Draußensein« zum Konzept gemacht wird.

Die beiden Dokumente aus Rilkes letzten Wochen bezeugen letztlich nicht mehr, als daß Rilke seinen eigenen Bekundungen zum Trotz weder den Tod noch den Schmerz in seine »Ordnungen« integrieren konnte. Im Brief an Andreas-Salomé gelingt es Rilke fast nicht, den Schmerz auch nur in einen Satz zu bannen.

»Und nun. Er deckt mich zu. Er löst mich ab« ist kaum mehr als ein Stöhnen. Rilke weiß weder ein noch aus: Nicht nur wird er von seiner Krankheit als hilflos leidender Mensch überwältigt, sondern als Dichter wird sein gesamtes Projekt, allen Dimensionen unseres Seins gleichermaßen aufgeschlossen gegenüberzustehen, durch das ihm die Sprache verschlagende Leid widerlegt.

Das nicht mehr zu Lebzeiten veröffentlichte Gedicht »Komm, du, du letzter« in Rilkes Notizbuch hingegen versucht, den Schmerz in die Sprache einzulassen. Doch auch hier bleibt offen, inwiefern der Schmerz für Rilke in diesen letzten Wochen tatsächlich Teil des Lebens ist.

Rilkes Briefe zum Schmerz spenden Trost, da sie uns Raum für das Unverständliche geben, das uns übersteigt. In seinen Briefen weitet er die Sprache vorsichtig aus, um das Unbegreifliche, Unverstandene, Unkenntliche, das wir aus unserem Leben verdrängen möchten, dort zuzulassen. Wirklichen Trost, so Rilke, gibt es nicht. »Selbst die Zeit ›tröstet‹ ja nicht, wie man oberflächlich sagt, sie räumt höchstens ein, sie ordnet.«

Inhalt